JN043450

大富豪同心

影武者　八巻卯之吉

幡大介

双葉文庫

目次

第一章　消えた大名行列　7
第二章　甲斐国から来た若君　106
第三章　同心、徳川幸千代　224

影武者　八巻卯之吉　大富豪同心

第一章　消えた大名行列

一

深夜、江戸城内の御殿の畳廊下を踏んで、一人の奥女中がやってきた。

豪華な打掛《うちかけ》を纏《まと》い、着物の裾《すそ》を長く引きずっている。布が高級品だった時代だ。江戸城内では身分が高い人物ほど着物の裾を引きずって歩く。

歳は三十代の半ば。若い頃はさぞかし美しい女だったのだろう、いまだ容色は衰えていない。

御殿の中は静まりかえっている。昼間ならば大名や旗本でごったがえしているけれども、夜中の御殿に侍《はべ》っているのは宿直《とのい》の侍とお城坊主だけだ。

老体のお城坊主がやってきて、奥女中の前で平伏《へいふく》した。

「御中﨟《おちゅうろう》様におかれましては夜分の御推参、いかなるご所存にございましょうか。上様の命も受けずにご出仕は叶《かな》いませぬ。ご定法《じょうほう》に反しまするぞ。まして、この刻限。いかに御中﨟の富士島《ふじしま》様といえども、仕置きは免れませぬ」

大奥中﨟は将軍の身の回りの世話をする重役だ。大奥の女中（この当時、女中という言葉は〝女〟に対する敬称）二千人を束ねる大幹部の一人である。

富士島は本名ではなく〝局《つぼね》〟の名称。局とは部屋のことだ。大奥の一室、富士島ノ局で暮らしているから〝富士島のお局様〟と呼ばれる。

富士島は険しい目でお城坊主を睨《にら》みつけた。

「上様のご容態が急変したと聞き及び、大奥より中奥御殿に駆けつけたのじゃ」

将軍の寝所《しんじょ》は大奥御殿と中奥御殿の二箇所にある。大奥は女の城で男子禁制だが中奥御殿には男も入ることができる。逆に女が中奥御殿に入るのは難しい。

「押しかけ推参はなりませぬ」

「たわけッ。妾《わらわ》は御台所《みだいどころ》様の命を受けて見舞いに来たのじゃッ。御台所様の見舞いを追い返す法度《はっと》があろうかッ。通せ！」

御台所とは将軍の正室のことだ。そう言われるとお城坊主も抗《あらが》えない。

「しからば、ご案内申し上げまする……」

富士島の先に立って案内する。お城坊主の顔面は蒼白で、脂汗が満面に浮いていた。

中奥御殿、上様のご寝所の前で宿直の小姓たちが正座していた。富士島は寝所の手前の座敷に入る。敷居を隔てて控える格好だ。寝所の中には遠慮をして入れない。

将軍家の小姓が寝所に入る。

「大奥御中﨟富士島様、お見舞いにご参上なさいましてございまする」

布団がムクッと動いた。

「富士島か……」

将軍のかすれた声がした。闘病生活の疲労を感じさせた。

富士島は「あっ」と答えて平伏した。

「突然のご不興と聞き及び、矢も楯《たて》もたまらずに押しかけて参りました」

突然のご不興とは、容態が急変した、という意味だ。

御台所の命を受けての見舞い——というのは嘘だったらしい。

「この富士島の軽率、なにとぞ処罰くださいまするよう、願いまする！」

将軍の苦しげな声がする。

「……処罰には及ばぬ。よくぞ駆けつけてくれた。心強く思うぞ」

富士島は今にも溢れだしそうな涙を袖で押さえた。という、仕種をして見せた。

「ありがたきお言葉にございます」

「我が病、夕刻には死をも覚《さと》ったが、今はいくぶん楽になった。まだまだ、辞世の句を詠《よ》まずとも済みそうだ」

「ご冗談を」

「冗談で済ませることができるほど将軍の職は軽ぅはない。余《よ》が死んだ後、将軍家は、幕府は、どうなってしまうのか……それが案じられてならぬ」

日々、窶《やつ》れて衰えていく我が身と対していれば、回復の望みがないことも、わかってしまう。

富士島は、ここぞとばかりにグイッと身を乗り出した。

「上様はどなた様よりも、政《まつりごと》を案じておわしまする。そのご気性ゆえに、御身《おんみ》と御心《みこころ》を休ませることをなさいませぬ。それでは病は一向に快癒いたしませぬ。一時《いっとき》、政を御放念なさるのがよろしかろうと存じあげまする」

「それができれば、いかほど楽であろうか……」

「この富士島より、言上《ごんじよう》申し上げたき一事がございまする」

「なんじゃ」

「上様の弟君《ぎみ》を、江戸にお招きくださいませ」

「……幸千代《ゆきちよ》を、か？」

「いかにも左様にございまする。幸千代君は甲斐国《かいのくに》にてご立派に成人なされておわしまする」

「余の亡き後には幸千代を将軍職に就けようという考えか」

「上様の御闘病の間、上様の代わりに政をみていただきまする。弟君の執権《しつけん》であるならば、上様も御心を安んじて、闘病に専心していただけるはず、と、この富士島は考えたのでございまする」

「されど……幸千代は、我が父——すなわち先代将軍の隠し子。出生《しゆつしよう》を誰にも知られぬよう甲斐に流された子だ。尾張《おわり》や紀州《きしゆう》、水戸《みと》が納得するであろうか」

「幸千代様の御生母様は、御正室様のご勘気を受けて、大奥を追われ申しました。しかれども、幸千代君のご出生にはなんの不足もございませぬ」

正室と側室の喧嘩という醜聞（大奥スキャンダル）を隠すために、若君の誕生まで隠匿《いんとく》された。

そもそも将軍家の正室は偉い。京の関白や左大臣の娘などが大奥入りする。一方、側室は江戸の八百屋の娘などだ。身分が軽い。

側室はつねに正室の御機嫌を取り続けなければ生きてゆけない。たとえ将軍の子を腹に宿していても、正室の一存で甲斐の山奥に流されてしまう。

もちろんその時、将軍家には立派な跡継ぎがいた。今の将軍その人だ。お世継ぎ騒動を未然に防ぐためにも、側室の子は江戸から遠ざけられなければならなかったのである。

その将軍は、今、重い病の床にある。

御中﨟の富士島は将軍に訴え続けた。

「幸千代君は上様とは血を別《わ》けたご兄弟。将軍家の血をもっとも濃く受け継ぐ御方。尾張や紀州など比べ物になりませぬ。御三家は、今となっては遠い親戚。〝血は水よりも濃い〟と申しまするぞ。上様が頼りとなさるべきは、幸千代君をおいて他にはございませぬ。是非とも、江戸へ呼び戻しなさいませ」

富士島は平伏し、将軍からの返答を待った。

＊

祭り囃子《ばやし》が聞こえてくる。澄みきった秋の空。木々の葉が紅や黄色に色づいていた。

「いい季節になったねぇ」

卯之吉《うのきち》が空を見上げて優美な笑みを浮かべている。今日は町人の格好だ。

「あたしはね、子供の頃から秋という季節が大好きなんだよ。ああ心地よい」

秋風に吹かれるがままに、ふうわり、ふうわり、と歩いていく。

鎮守の杜《もり》の例大祭《れいたいさい》（秋祭り）。真っ白な生地に〝八幡大神宮〟〝大国主神《おおくにぬしのかみ》〟と書かれた幟《のぼり》が上がっている。境内《けいだい》では物売りの屋台が並び、大道芸人が華麗な技を披露していた。

大勢の人々が鳥居をくぐっていく。たいそうな人出だ。卯之吉も吸い寄せられるようにして境内に入った。

「吉原《よしわら》や深川《ふかがわ》もいいけれど、村祭りの賑わいもまた、いいものだねぇ。銀八《ぎんぱち》、あたしはねぇ、日本中の神社のお祭りを、残らず見て回りたい気分だよ」

それを聞いた銀八は震え上がった。

ただの軽口に聞こえる。「まったくでげすな。それができたらさぞかし楽しいことでしょう」などと適当に相槌《あいづち》を打っておけばいい。

（だけど、うちの若旦那は、普通のお人じゃねぇんでげす！）

日本中の神社を参詣して回ることが可能なだけの資産を持っている。突拍子もないことに関してだけは打ち込む熱意と執念もある。

本気で参詣旅を始められたら、銀八の身が持たない。

なんとかして考え直させなければならない。どうすればいいのか。

「同心のお役があるでげすから、江戸を離れることはできません、と言い聞かせても、それならお役は返上する、と答えるに決まってるでげす……。銭はある、暇もある。ああ、どうすりゃいいんでげすか」

ブツブツと呟《つぶや》きながら頭を抱えているうちに、ふっと卯之吉の姿を見失った。

「若旦那？　あれれ……。若旦那ァ！」

卯之吉は人ごみでは必ず迷子になる男だ。子供じゃないんだから、と思うが、そこが卯之吉なのである。銀八の顔は一瞬にして蒼白になった。

「大変《てぇへん》だ！　迷子になった旦那は、お一人じゃお屋敷に戻れねぇ！」

右を見ても左を見ても、人、人、人だ。卯之吉の姿は紛れてしまってどこにも見えない。

「若旦那ァ！」

人ごみに邪魔されて前にも進めない。その場でピョンピョンと飛び跳ねて卯之吉を捜した。

「あっ、あそこだ」

卯之吉の顔が見えた。本殿の正面に立っている。鰐口《わにぐち》を鳴らす綱を摑《つか》んで打ち鳴らすと、柏手を打って目を閉じた。

「神妙に願掛けしてるでげす」

卯之吉らしからぬ振る舞いだ。毎日楽しく遊興できますようにと祈っているのであろうか。銀八は歩み寄った。

願掛けを終えた卯之吉が目を開けた。銀八は声をかける。

「若旦那、あっしを置いていかれては駄目でげすよ」

すると卯之吉はさもいぶかしそうに銀八を見た。目つきが険しい。

「何者だ、お前は」

銀八は、（まぁた若旦那の悪ふざけが始まったでげす）と思った。手にした扇子でピシャリと自分の頭を叩いた。

「お忘れでござんすか。幇間《ほうかん》の銀八でございますよ」

「幇間？　そのような者に知り合いはおらぬ」

銀八は「あれっ？」とようやく気がついた。

「……良く似てるけど、別のお人でげす！」

着物も違う。髷《まげ》の結い方も違う。

着物が違っていればすぐにわかるはずだが、首から下が人垣に隠れて見えにくかったのだ。

長年卯之吉の遊興にお供してきた銀八だ。普通ならば別人と見間違うわけがない。それほどまでに良く似ていた。しかし、よくよく見れば、やはり別人。面差《おもざ》しも異なっている。こちらの人物の方が凛々《りり》しく引き締まった顔つきであった。

（本当に良く似ているでげすなぁ）

などと感心して眺めている場合ではない。銀八はペコペコと頭を下げた。

「こいつはとんだ不調法をしでかしたでげす。かんにんしなの善光寺《ぜんこうじ》」

「なんだと？」

「酷《ひど》い目に、あわせ帷子《かたびら》、単物《ひとえもの》」

いつもの場違い芸だ。真摯《しんし》に謝罪すべき場面で軽薄な地口《じぐち》を唱えてしまい、相手をますます激怒させた。

「おのれ！　愚弄《ぐろう》いたすかッ」

顔は卯之吉に良く似ているが、性格は正反対であるらしい。洒落《しゃれ》が通じそうにない。怒りで両目を爛々《らんらん》とさせている。

「ひええっ、ご勘弁を」

銀八は悲鳴をあげて逃げ出した。男は追っては来なかった。

「肝が冷えたでげす。……あっ、あそこに本物の若旦那が」

卯之吉がヒョコヒョコと歩いている。あんな歩き方をする男は他にいない。今度こそ間違いない。銀八は急いで追いかけた。


卯之吉とよく似た武士は銀八が逃げた方向を睨みつけていたが、「フンッ」と鼻息を吹いて歩きだした。

「江戸には、面妖《めんよう》な者どもがいるものだ」

怒りと軽蔑とを合わせたような顔で歩いていく。

鳥居の方向からも続々と参詣者が押し寄せてくる。境内を出ていこうとする者と、入ろうとする者でごった返した。

鯔背《いなせ》に髷を結った男が走ってくる。棒手振《ぼてふ》りの魚屋のような格好だ。卯之吉に似た武士と軽く当たった。

「おっと、御免よ!」

そのまま走り去ろうとする。が、卯之吉に似た謎の武士は、その男の腕をきつく握っていた。

鯔背な男は謎の武士の懐から抜いた財布を摑んでいた。

謎の武士の目が男をきつく睨みつけた。

「おのれは掏摸《すり》だな」

「畜生ッ、放しやがれッ」

「よかろう」

謎の武士が腕に力を籠める。掏摸の腕がひねりあげられてボキッと折れた。

「ギャアッ」

「放してやろうぞ」

掏摸を突き飛ばす。掏摸が倒れる。腕を押さえてのたうちまわった。

参詣者が異変に気づいた。悲鳴をあげてあとずさる。謎の武士と掏摸だけが参道の真ん中に残された。参詣者たちは距離をおいて見守る。

「松吉《まつきち》がやられたッ」

「助け出せッ」

人垣の中で声がした。人相の怪しい男が二人、飛びだしてきた。一人は髭面《ひげづら》。もう一人は蛇に似た顔つきだ。

謎の武士は冷ややかに目を向ける。

「掏摸の仲間か」

「そのとおりだぜド三品《さんピン》！　この松吉は俺たちの仲間だ。役人に渡すわけにゃあいかねぇ。覚悟しやがれッ」

悪党二人は懐に手を突っ込んで、隠し持っていた匕首《あいくち》を抜いた。刃物を目にして参詣者たちが悲鳴をあげた。

髭面と蛇男は二手に分かれて武士の前と後ろに回る。挟み撃ちにしようという魂胆だ。

「どりゃあっ！」

髭面が前から突っ込む。同時に蛇男が背中から襲う。

武士の腰がスッと沈んで刀が抜かれた。同時に身体《からだ》が回転する。参詣者の目には何が起こったのかわからない。刀身が二度、陽光を反射させたと思ったら、

「ぐわあッ！」

「う、腕がぁぁぁああ！」

悪党二人が悲鳴をあげて倒れ込んだ。二本の匕首が地面に叩き落とされた。

「き、斬られた……！」

髭面が情け無い悲鳴をあげている。謎の武士は静かに納刀すると、さも、つまらなそうな顔をした。

「案ずるな。峰打ちだ。ここは神社。神域を悪人の血で穢《けが》しはせぬ」

抜刀した直後に峰を返していたのだ。なんという早業か。

その場の全員が息を飲んでいる。一人が気づいて叫んだ。

「あの御方は、南町の八巻《やまき》様だァ！」

卯之吉の顔を見知っていたらしい。すると皆が一斉に歓声をあげた。

「江戸で評判の八巻様！」

仰天して目を剝《む》いているのは田舎から出てきた旅人だろう。職人風の男が得意になって旅人に説明する。

「江戸でも五指に数えられようかってぇ剣豪よ！　お噂に違《たが》わぬ凄腕《すごうで》だぜ！」

女たちは、

「評判通りのお美しいお姿……」

などと口々に褒《ほ》めそやしては、うっとりと見惚《みと》れている。

謎の武士はなんのことやらわからぬ様子で眉根《まゆね》をひそめている。

神社から、神職が片手で烏帽子《えぼし》を押さえながら走ってきた。

「南町の八巻様とお見受けいたします！　境内を荒らす掏摸を退治してくださいまして、まことにありがとうございます！　お手を煩《わずら》わせましてー―」

謎の武士はうっとうしそうに首を横に振った。

「掏摸の者どもは、役人に突き出すが良かろう。さらばだ」

背を向けて去る。関わりになるのが嫌だったのに違いない。

神職は『寺社の境内は寺社奉行所の支配（管轄《かんかつ》）だから、悪人は寺社奉行所の役人に突き出しなさい』と言われたのだと理解した。

「左様に取り計らいまする！」

謎の武士は悠然と去った。その場の全員が賛嘆を籠めてその後ろ姿を見送った。

二

日本橋室町《にほんばしむろまち》は江戸の商業の中心地で、豪勢な大店《おおだな》が店を並べている。札差《ふださし》や両替商など金銭を扱う店ばかり。いわば江戸の金融街だ。

その中でもひときわ大きな店が暖簾《のれん》を掲げている。江戸一番の豪商、札差にして両替商の三国屋《みくにや》だった。

店先をコソコソと一人の男が出入りしている。着物の裾を尻端折《しりはしょ》りして、顔つきも物腰も軽薄そのもの。三国屋は勘定奉行所の役人たちも出入りする店だ。まったく似つかわしくない風情であった。

店の中にいる誰彼なしにヘコヘコと頭を下げながら台所に向かう。帳場で見ていた手代の喜七《きしち》が立ち上がり、自らも台所へ向かった。

台所の框《かまち》は〝客ではない人物〟を応対するための場所だ。喜七は板敷きできちんと正座した。軽薄な男は土間に立っている。薄笑いを浮かべながら何度もお辞儀をした。

「ここ数日分の瓦版《かわらばん》でございまさぁ。ウチで刷ってる物だけじゃねぇです。江戸中駆けずり回って、買い集めて参《め》ぇりやしたぜ」

瓦版の束、およそ三十枚ほどを差し出した。

「ご苦労さん」

喜七は受け取ると駄賃を払う。男は駄賃を丁寧に数えると、ニヤリと笑った。

「毎度ありぃ」

身を翻《ひるがえ》すと店から走り出ていった。

喜七は瓦版の束を手にして奥座敷に向かう。縁側に正座して座敷に向かって声を掛ける。

「旦那様。瓦版屋が、瓦版を届けに参りました」

「ああ、ご苦労さん」

座敷には三国屋の主、徳右衛門《とくえもん》がいた。掛け軸を広げて見入っていた。

「喜七、これを見てご覧。素晴らしいよ」

喜七は「へい」と答えながらも首を傾《かし》げた。三国屋徳右衛門という男、金儲《かねもう》け以外のことにはまったく興味を示さない。仕事が金儲けで、趣味も金儲けだ。書画骨董などを眺めて楽しむ趣味はまったくなかった。

徳右衛門は「見ろ、見ろ」と言って掛け軸を向けてくる。喜七はさらに首を傾げた。

「瓦版、でございますか？」

「そうだよ。卯之吉の大手柄を伝える瓦版だ」

「表装《ひょうそう》させたのでございますか」

書や絵画を鑑賞するために掛け軸にする。これを表装という。

座敷の中にはいくつもの掛け軸が掛けられ、あるいは畳の上に広げられていた。すべてが八巻卯之吉の捕り物手柄を報《しら》せる瓦版であった。

高名な書家や絵師の作品を掛け軸にするなら話はわかるが、瓦版を掛け軸にするという話は聞いたことがない。瓦版は粗末な紙に安い墨で刷る。金銭的な値打ちはまったくない。

表装には金がかかる。千金万金の値打ちを持つ書画を保存するための技術だ。安く済むはずがない。喜七は改めて、座敷に広がる掛け軸を見た。

「これほどの掛け軸……。いかほどの銭がかかりましたのでしょう」

徳右衛門は薄笑いを浮かべた。

「金銭など惜しむものではないよ。ああ、これは、夜霧ノ一党を捕まえた時の瓦版だねぇ。おうおう。わたしの卯之吉が、たいそう褒めあげられているよ。〝この十年で一番の大捕り物〟かね……。嬉しいことを書いてくれるじゃないか」

喜七は急に頭痛を覚える。

徳右衛門は手にした掛け軸を床ノ間に掛けた。そして振り返った。

「どれどれ。今回の瓦版か。見せなさい」

一枚一枚、捲《めく》って内容を検《あらた》めていく。

その顔つきがみるみるうちに険しくなっていく。

「なんだいこれは！　卯之吉の活躍が、まったく書かれていないじゃないか！」

束をバサッと投げ捨てる。喜七は困り顔だ。

「昨今の江戸は、太平無事でございますから」

「卯之吉について書かれた瓦版を読むことだけがあたしの楽しみなんだよ！　この老人の、生きる喜びを奪うおつもりかい！」

「そんな、おおげさな……」

「なにか言ったかい！」

「いいえ。なにも申しません。江戸が天下太平なのは、八巻様のご活躍で悪党どもが一人残らず捕縛されたからなのでは？　喜ぶべきことかと存じます」

「それはそうかもしれないがね。ううむ。腹の虫が治まらないよ。なんぞ良い手立てはないものかね」

少し思案してから「そうだ！」と顔を上げた。

「瓦版屋に金銭を握らせて卯之吉の活躍を書かせる、というのは、どうかね」

「瓦版を使って作り話を広めるのでございますか！　それは……いかがなものかと」

孫の卯之吉も常識はずれの男だが、この祖父も負けてはいない。

徳右衛門の〝常識にとらわれない発想〟は、これまで商売に活かされてきた。

しかしこれからはどうなるかわからない。

（正気を取り戻してもらわねば！　商売に熱中させるしかない！）

喜七は急いで大福帳を広げて差し出した。

「だ、旦那様、本日の帳簿でございます。どうぞお検めを」

「ん？　どれどれ」

徳右衛門は渋面《じゆうめん》となった。

「んんっ？　この帳合《ちようあい》は甘いんじゃないのかい。尾張様への利息の取り立てはどうなってる？」

矢継ぎ早に帳面を捲っていく。いつもの徳右衛門に戻っている。喜七はホッと安堵《あんど》の息を吐きだした。

＊

冷たい風が枯れた葦《あし》の葉を鳴らしていた。どこまでも平らな土地。見渡す限りの葦原が広がっていた。

空は青い。天の高いところに筋雲がかかっている。人の姿は見えない。無人の野だ。これでも江戸の市中の内である。下谷通新町《したやとおりしんまち》。彼方《かなた》に豪奢《ごうしゃ》な塔と伽藍《がらん》が見える。浅草寺《せんそうじ》であった。

その旅人は馬に乗ってやってきた。黒漆塗りの菅笠《すげがさ》をかぶり、被布《ひふ》（寒さや旅《りょ》塵除《じんよ》けの外套《がいとう》）を着け、野袴《のばかま》を穿《は》いている。馬丁《ばてい》が馬の轡《くつわ》を取り、お供の武士を二人、引き連れていた。

馬は一軒の屋敷の前で止まった。馬上の旅人は笠の端を指で摘《つ》まんでちょっと上げた。

「ここが溝口左門《みぞぐちさもん》の道場か……」

笠の下から顔が覗《のぞ》く。品のある老女だ。

老女は馬から下りると、生け垣で囲われた敷地の中に踏み込んだ。道場の屋根を見上げる。古い百姓屋敷を改築したものであった。

「頼もう！」

大声を張り上げると、屋敷の奥から「どうれ」と返事があった。道場主の溝口左門が姿を現わした。袖無し羽織と短い袴を着けた姿であった。

溝口は戸口に立つ旅人を見て、一瞬怪訝《けげん》そうな顔をした。

旅人は笠を脱いで笑みを浮かべた。溝口左門は「おお！」と声を上げた。

「大井《おおい》御前様ではございませぬか」

「久しいの左門。十五年にもなるか。息災そうで何よりじゃ」

「御前様もご壮健にてなにより……ともあれお上がりくだされ。ただいま濯《すす》ぎを用意いたしますするゆえ」

百姓屋敷は中の壁や障子が取り払われて、広い板の間となっていた。ここで剣の稽古が行われるのだろう。

馬丁と供侍《ともざむらい》は戸外で待つ。溝口左門と大井御前は向かい合って座った。

「見ての通りの暮らしで、満足なおもてなしもできかねまするが……」

不器用に茶を淹《い》れる。急須の蓋《ふた》を落としたりしてアタフタしていると、大井御前は面白そうに笑った。

「茶飲み話をしに来たのではない。もてなしは無用ぞ」

「おそれいりまする」

大井御前は道場内を見回した。

「なかなかに、たいした道場を構えておるではないか。そなたの才覚があってのことであろう」

「拙者、生来の呑気者《のんきもの》ゆえ顔には出ませぬが、これでも苦労をいたしておりまする。金が物言う今の世の中。昨今の武士は、剣術など習いはいたしませぬ。算盤《そろばん》でも習ったほうが出世が叶いましょうから」

「ならば何処《どこ》かの家中に仕官を望むか？　口利きをしてやっても良いぞ」

「いやあ、それも……。浪人の気楽な暮らしにすっかり馴染《なじ》んでしまい、いまさら堅苦しい奉公に戻る、というのも、気が滅入りまする」

二人は声を揃えて笑った。

大井御前はチラチラと台所のほうに目を向けている。台所は女の城。そこで働く女人の姿を探っているような感じだ。

「お主《ぬし》には一人娘がおったな。名は、確か……美鈴《みすず》」

「いかにも。娘がございまする」

「武芸の達人。男に引けをとらぬ……どころか、大の男が十人がかりで挑みかかっても敵《かな》わぬ腕前だと耳にしておるぞ」

「恥ずかしながら、いささか育て方を誤ったか、と反省しております」

「いやいや。一角《ひとかど》の武芸者に育て上げるとはたいしたもの。して、その娘御は今、いずこにおるのか？」

「南町の奉行所の、同心屋敷に奉公をいたしております」

「なにゆえ町方同心などのところへ出仕をさせたのか」

大井御前は怪訝そうである。溝口も怪訝な顔つきで首を傾げた。

「なんとも不可思議な成り行きでございまして。その同心という人物、奇妙な御《ご》仁《じん》でございましてな。稼ぎは良い。我が娘も、驚くほどの手当てをもらっております」

「町奉行所の同心は、切れ者であればあるほど町人からの賂《まいない》が増える。お主の娘が仕えるその同心、かなりの逸物《いちぶつ》とみえるな」

「子細は申しあげられませぬが拙者もその人物に一度、救われております。しかし、なにゆえ娘の話などをお尋ねにございまするか」

大井御前からの返事を聞かずに溝口はハッと顔つきを変えた。

「もしや縁談？　それは困りまする。否《いや》、困りませぬ。相手によってはありがたく受けぬでもございませぬが、いったいどこの誰なのでしょうな、拙者の娘に縁談話をもちこんできた男は！」

「ちょ、ちょっとお待ち」

大井御前は慌てて制した。

「縁談ではない」

「なんと？」

溝口はホッとしたような、ガッカリしたような、複雑な表情を浮かべた。大井御前は話を続ける。

「役儀の話じゃ。腕の立つ女武芸者を探しておる。いささか困った事態となっておるのじゃ。そして天下の一大事でもある。これより話すことは他言無用とお心得なさい」

声をひそめて語りだした。

三

時ノ鐘が鳴った。注意喚起の捨て鐘が三回撞《つ》かれた後で、時報の鐘が九回、鳴らされた。

「九ツ（午前零時）か……」

南町奉行所の同心、尾上伸平《おがみしんぺい》は夜空を見上げて身震いをした。

晩秋の月が煌々《こうこう》と輝いている。澄んだ空だ。こういう夜は冷え込みがきつい。

「夜中の見回りなんて、やってられないよなぁ」

手にした提灯《ちょうちん》をプラプラ揺らしながら愚痴《ぐち》をこぼす。同心としてあるまじき姿だが、夜更けに出歩く者などいない。誰も見ていない。あの掘割の角まで行って、何事もなかったら家に帰ろう。そう考えながら歩いていく。この辺りには商家の蔵や荷置き場が多い。板塀が延々と連なるばかりだ。

塀の角を曲がるとその先に屋台の行灯《あんどん》が見えた。

「煮売り屋か。ちょうどいいや。熱燗《あつかん》で一杯ひっかけてから帰ろう」

煮物と酒を扱う屋台だ。屋台の前に腰掛けが置かれて先客がチビチビと杯を傾けていた。

尾上は「おや」と足を止めた。

「なんだ、玉木《たまき》じゃないか」

腰掛けで酒を飲んでいたのは南町奉行所の同心、玉木弥之助《やのすけ》だった。定町廻《じょうまちまわり》のお役についている。つまり尾上の同僚だ。

「見回りを怠けて酒を飲んでいやがるんだな。まったく、けしからん奴だ」

自分も一杯引っかけるつもりだったのに憤慨する。ふと、悪戯心《いたずらごころ》が湧いてきた。息を殺し、足音を忍ばせ、玉木の背後に近づいた。

「やいっ、玉木！　なにをいたしておるかッ」

太い声で怒鳴りつけると玉木はビクッと身を震わせて立ち上がった。尾上はその横面《よこつら》に提灯を突きつけてやった。

「南の同心ともあろう者が屋台で酒など食らいおって。勘弁ならぬな！　筆頭同心の村田《むらた》に命じ、きつく仕置きを加えてやろうぞ！」

「ひいッ、それればかりはご勘弁を……！」

玉木がオドオドと振り返る。尾上の姿を認めると急に安堵の顔つきとなった。

「なんだよ。お前《め》ぇか。脅かしやがって！　ひどい悪戯だ。謝れ！」

「なにが〝謝れ〟だよ。見回りの途中で酒を飲んでたのは本当じゃないか」

そう言いながら尾上は腰掛けに座った。

「親仁《おやじ》、こっちにも酒だ。熱く燗をつけたのを頼むぜ」

親仁が「へぇい」と答える。玉木も隣に座った。

「人を怒鳴りつけておいて手前も酒にありつこうとは、ひどい了見だ」

「こう寒くっちゃなぁ。酒でも飲まねばやりきれないよ。おっ、親仁。ありがとよ」

盆に乗せて銚子を運んできた親仁が訊ねる。

「同心様がお二人もお揃いでお見回りとは……。なんぞ一大事が起こりましたんで？」

「何もないよ。天下太平さ」

尾上は銚子を手にすると手酌で湯呑に注いだ。湯気の立つ燗酒を飲む。親仁が屋台に戻るのを見て、小声で愚痴をこぼしだした。

「天下太平だってのに、夜回りなんかさせてさぁ。村田さんも人使いが荒いよなぁ……」

南町奉行所の筆頭同心、村田銕三郎《てつさぶろう》は仕事の鬼。江戸に巣くった悪人たちからは〝南町の猟犬〟などと異名を奉られている。仕事熱心で部下にも同様の熱意を求めるという、部下にとってはいささか困った男であった。

夜回りなんてものは火の用心の木戸番か岡っ引きにでも任せておけば良いものを「同心自らが行け！」と言う。

無茶な命令であれば、上役の与力に相談して、やんわりと窘《たしな》めてもらうこともできるのだが、村田本人が率先して夜回りに励んでいるものだから儘《まま》ならない。上役達から「お前たちも村田を手本として励め」と言われてしまう。

ため息も出てしまう。

玉木もやけ酒を飲んでいる。酒臭い息を吐いた。

「村田さんは焦ってんだよ。大きな手柄を立てなきゃいかんと思いこんでる。無理もないよ。北町のお奉行に上郷備前守《かみざとびぜんのかみ》様がご就任なさってからというもの、手柄はみーんな北町に取られて、南町は良いところナシだ」

玉木の愚痴は続く。

「ちょっと前なら、オイラが夜回りしようもんなら料理屋の女将《おかみ》が目敏《めざと》くみつけてさ、『ちょっと旦那、寄っていっておくんなさいな』なーんて言われてな、袖を引かれて、あったけぇ炬燵《こたつ》にあたりながら差し向かいで一杯——なんてことになったもんだが、今はどこを覗いても北町の同心がとぐろを巻いていやがる。こっちは片足の先っちょだって炬燵にあたれたもんじゃねぇ。屋台で冷たい風に吹かれながら酒を呷《あお》るはめになっちまった」

上郷備前守と北町奉行所の躍進はそれほどまでに目覚ましい。

玉木はだいぶ酔っている。「ちっ」と舌打ちまでした。

「いっぺん北のやつらに吠え面をかかせてやりてぇもんだよ」

などとさんざん愚痴をこぼし合っていると、夜道の向こうからひとつの提灯が近づいてきた。小さな明かりだが闇の中ではやけに目立つ。

尾上が気づいて顔を向けた。

「こんな夜更けに一人歩きか？　怪しいな」

「どうれ、詮議《せんぎ》してくれようかい」

玉木が億劫《おっくう》そうに立ち上がり、酒臭い息を吐いた。千鳥足で謎の提灯に向かって進んでいく。腰の十手を抜いて突きつけた。

「そこの者、止まりませぃ！　南町同心、玉木弥之助である。夜更けに徘徊《はいかい》するとは胡乱《うろん》な奴め！　そのツラ、とっくりと拝ませぃ！」

怒鳴りつけても提灯の主は臆することなく歩んでくる。提灯には三つの波が描かれている。それに気づいた尾上が慌てて玉木の袖を引いた。

「おい、玉木……！」

提灯の主はズンズンと近づいてくる。三つの波は〝ミナミ〟の洒落で、南町奉行所の御用提灯の印だ。男の顔が屋台の行灯に照らされた。険しい目つきでジロリと睨みつけてきた。

玉木は一瞬にして震え上がった。

「む、村田さん……ッ！」

その提灯を持っていたのは筆頭同心、村田銕三郎であったのだ。自身の夜回りの最中である。

「お前ら、そこで何してる」

鋭い眼光で同心二人を交互に睨む。尾上と玉木は直立不動だ。

尾上が答える。

「はいっ。お言いつけに従いまして夜回りを……」

村田の眼が屋台に向けられた。

「酒を飲んでたんじゃねぇのか」

「みっ、見回りの最中に酒を飲むなど滅相もない！　我らは屋台の親仁に、怪しげな人影などを見なかったか、と、問い質《ただ》していたところでして」

「その腰掛けに置かれた酒と肴《さかな》はなんなんだよ」

さすがは南町の猟犬。いたいところをチクチクと突いてくる。尾上はしどろもどろだ。

「先客が残していったものではないかと……」

玉木は蟹《カニ》のように横歩きをして、立ち位置をこっそりと変えている。村田の風下に回り込もうとする。酒臭い息を覚られないようにするためだ。

しかし、そんな姑息《こそく》な言い訳や立ち回りが村田に通じるはずもない。

「やいッ、手前《てめ》ぇら！」

いつものごとくに大喝《だいかつ》しようとした、その時であった。

村田は「ムッ」と唸《うな》った。鋭い眼力がまたしても何かを捉えたのだ。

「なんだあれは」

武士の行列が近づいてくる。黒漆塗りの乗物（身分の高い武士が使う駕籠《かご》を乗物と呼ぶ）を真ん中にして、その前後を十人ばかりの武士が守っていた。先導する武士が手にした提灯は無地無紋で、家紋などはいっさい書かれていない。どこの家中であるのかわからない。

尾上は首を傾げた。

「大名行列ですかねぇ？」

「夜中に練り歩く大名がいるものかよ。怪しいぜ」

幕府が定めた法度《はっと》では、武士は九ツ以降、出歩いてはならない取り決めとなっている。もちろん町奉行所の役人などは別儀だ。

「詮議してくれる。お前たち、ついてこい」

「やめましょうよ。相手はきっと大名ですよ」

「大名なら公儀の法度を知らないわけがないだろう。尚更《なおさら》おかしいんだよ」

玉木も止める。

「村田さん、大名の御詮議は大目付様の御支配（管轄）ですよ」

「ここは町人地だ。俺たちの支配地だぜ」

村田は堂々と行列の前に立ちはだかった。

「南町奉行所でござる。お止まりくだされィ！」

行列が止まった。武士の一人が前に出てきた。

「町方風情《ふぜい》が行列を妨げるとは何事かッ。無礼であろう！　下がりおれィ」

物々しい口調だ。芝居染みて聞こえる。

叱られて引き下がるような村田ではない。

「九ツをとうに過ぎており申す。市中の木戸を通ることはまかりなりませぬ。いかなる子細があっての夜歩きか、お明かしくだされ！」

武士は明らかに動揺している。

「ま、町方風情に語ることなど何もない！」

「いずこの御家中かお明かしくだされ。南町奉行より大目付役所に事の次第を伝え、大目付役所よりの詮議がございましょう」

同心たちが大名の犯罪を目撃した場合には、大目付に報告され、それを受けて大目付の取り調べが始まる。そういう仕組みになっている。

「ええい、黙れ！　我らを怒らせればそなたの首が飛ぶぞ！」

「なんと仰せられようとも、これが町奉行所の役儀でござる。引き下がりはいたしませぬ。ご家名をお明かしくだされ」

謎の武士が「ぐっ」と声をつまらせた。

と、突然。その武士が両目を見開いた。

「な、なんだよ、アイツら！」

武士らしからぬ声まであげた。

村田も振り返る。そしてギョッとなった。

全身黒ずくめ、顔は覆面で隠した男が駆けてきたのだ。腰の刀を抜く。両目には殺気が漲《みなぎ》っていた。

村田は咄嗟《とっさ》に体《たい》をかわして避《よ》ける。だが最初からその必要はなかった。曲者《くせもの》が狙っていたのは村田ではなく、行列の先頭に立つ武士であったのだ。

曲者が無言で刀を振り下ろす。武士は刀を抜く暇もない。肩から胸へ深々と斬られた。

「ウギャアーッ」

無様な悲鳴をあげて倒れた。一瞬の出来事だ。村田も、尾上も玉木も、何が起こったのか瞬時には飲みこめなかった。

乗物の周りにいた武士たちも同じだ。皆、仰天している。

斬られた武士は血を噴きながら地べたでもがいていたが、すぐに動かなくなった。

「おのれ曲者ッ」

村田が十手を抜いた。曲者は、今度は村田に斬りかかる。

「キエーッ！」

奇声とともに振り下ろされた刀を村田はガッチリと受け止めた。歯を食いしばって押し返す。黒ずくめの曲者は背後に跳んで逃れた。

曲者たちが次々と出現する。板塀を軽々と跳び越えて襲ってきた。その数、およそ二十人。

「みんなっ、逃げろッ」

そう叫んだのは乗物を守る武士たちだった。慌てふためいて逃げていく。乗物は置き去りだ。武士らしからぬ醜態であった。

いったいなにが起こっているのか。同心たちにはまったくわからない。

玉木が「わああっ」と叫んだ。黒ずくめの曲者の斬撃を十手で応戦している。

「玉木ッ」

尾上は足元の石を拾って投げつけた。曲者の額に当たった。怯《ひる》んだ隙に駆け寄って玉木を庇《かば》う。玉木が情けない声を上げた。

「なんなんだよォ、これは！」

「わからねぇ！　また来るぞ！」

曲者が迫る。尾上も玉木も必死で十手を振り回した。村田は一刀流《いっとうりゅう》の切紙《きりがみ》免状持ちだが、多勢に無勢で旗色が悪い。身を守るので精一杯だ。それでも曲者の集団と五分に渡り合っている。

呼子笛《よびこぶえ》が吹き鳴らされた。近在の番屋の者が乱戦に気づいたのだ。

曲者たちは動揺している。

「退《ひ》けッ、退けえ！」

頭目らしき男が覆面越しに叫ぶ。身を翻して逃げ出した。曲者が一斉に走り去る。出現した時と同様に、板塀を越えて姿を隠した。

「待ちやがれッ！」

村田が追う。尾上と玉木も恐々《こわごわ》と続いた。

「肩を貸せ！」

村田は尾上と玉木の身体を足場にして、高い板塀の上から顔を出した。

商家の荷置き場が広がっている。月明かりに照らされていた。人の気配はすでになかった。

村田は広場に怪しい物が撒《ま》かれていることにも気づいた。

「撒《ま》き菱《びし》か！」

塀を乗り越えて追おうとすれば、飛び下りた瞬間に足に刺さる。気がつかなければ大変なことになっていただろう。

追って捕えることは不可能だ。村田は毒づいて二人の肩から下りた。

「村田さん……」

尾上が道を指差している。

「大名行列のほうもみんな逃げていっちまいましたよ」

夜道の真ん中に乗物だけが置かれている。捨てられた提灯に火が移って燃えていた。

「馬鹿野郎ッ、なんで、みすみす取り逃がしちまったんだ！」

「村田さんが肩に乗っているのに、追えるわけがないですよ……」

村田は乗物に駆け寄った。扉の前で片膝をつく。

「拙者は南町奉行所の同心、村田銕三郎にござる！　お怪我など、ございませぬか」

耳を澄ませるが返事はない。村田は「御免ッ」と声を掛けると扉を横に滑らせた。そして「むむっ」と唸った。

尾上も覗き込む。

「空《から》だ……」

乗物の中には誰もいない。村田は尾上に噛みついた。

「殿様が逃げるのを見たかッ？」

「いいえ、扉は一度も開いていません」

「じゃあ、どういうことだよ」

村田は乗物の底や背もたれに触れた。

「冷えきっていやがる。人が乗っていたのなら温《ぬく》もってるはずだ」

「ということは、最初っから人は乗っていなかったと？」

玉木も村田に訊く。

「あの侍たち、空駕籠を大事そうに運んでいた、ってことなんですかね。曲者も、空駕籠をわざわざ襲ったと？」

尾上は首を傾げている。

「まったくわけがわかりませんよ」

村田は「くそっ」と罵《ののし》り声を上げた。

四

翌朝——といっても朝四ツ（午前十時）をとうに過ぎていたが——八丁堀《はっちょうぼり》にある卯之吉の役宅に役者の由利之丞《ゆりのじょう》が顔を出した。

「若旦那、起きてるかい」

台所に入ってきて、奥に向かって声をかける。四ツといったら出仕の時刻だ。起きているのが当然なのだが、卯之吉は毎晩、空が明るくなるまで遊びに興じている。

銀八が出てきた。

「若旦那はまだ寝ていなさるでげすよ。今日は非番の日でげすから」

同心には町奉行所に出仕しなくても良い日がある。だからといって寝ていて良いということにはならない。市中の見回りや、町人からの陳情を受けるなどの仕事を、自ら進んでやらねばならない。

江戸の役人たちは皆、働き者である。卯之吉だけが例外だ。

「どういう用件でげすか」

「うん。言いにくいことだけどねぇ……」

由利之丞は腹のあたりをさすった。

「腹が減ったよ。ここ二日ばかり、水しか飲んでいないんだ」

由利之丞は台所に目を向けて「おや？」という顔をした。

「美鈴様の姿が見えないけど……」

「美鈴様なら、ご実家に御用ができたとかで、溝口道場に戻ってるでげすよ」

「えーっ？　するってぇと、美鈴様の山盛りのご飯はないのかい」

男所帯の剣術道場で育った美鈴は、男というものはみんな大飯食《おおめしぐ》らいだと思い込んでいる。武芸家は皆、たくさんの飯を食う。だから卯之吉にも山盛りのご飯をよそって出す。

しかし卯之吉は箸《はし》より重い物を持ったことがない若旦那だ。体軀《たいく》もほっそりとしている。食は細い。ところが食べてあげないと美鈴が機嫌を損ねてしまう。

そこにつけこんだ由利之丞は、若旦那の苦境を救うためと称して、卯之吉のご飯を代わりに食べてあげるのだ。腹が膨れたうえに恩まで売れる。一石二鳥の良策なのだった。

当てが外れた由利之丞は、空腹もあって、その場にへたり込んでしまった。

「美鈴様は、いつごろ戻ってくるのさ」

「さぁてねぇ？　御家の御用ってのがなんなのか、それすらあっしは知らねぇでげすから」

「それならさぁ、なにかお役に立てることはないかねぇ。オイラも弥五《やご》さんも一文無しなんだよ」

「ここのところお江戸は平穏無事でげす。おかげであっしらは、何もすることがないでげす」

卯之吉が起き出してきた。「ふわーっ」と大欠伸《おおあくび》を漏らす。

「誰かと思ったら由利之丞さんかい。目が覚めちまったよ。こんな朝っぱらから大声で喋《しゃべ》るなんて迷惑だねぇ」

「もう四ツを過ぎてるよ。大声で話してなにが悪いのさ」

江戸っ子たちの感覚では朝とは言わない。昼間もいいところだ。

卯之吉は寝間着の衿《えり》をはだけている。銀八が卯之吉の前に膝をついて、甲斐甲《かいが》斐《い》しく衿と帯とを直した。卯之吉は自分では着物の乱れも直せない。半分、眠ったような顔をしている。

「ともあれ若旦那。顔を洗いましょう。それからお着替えをするでげす」

卯之吉は「うんうん」と頷《うなず》いている。雪隠《せっちん》に向かって歩いていった。もちろん銀八がお供をする。

後ろ姿を見送りながら由利之丞は首を傾げた。

「どうしてあんなお人のことを、江戸っ子たちは『江戸一番の切れ者同心』だの『剣豪同心』だのと勘違いしているのかねぇ?」

まったく理解に苦しむ。

そこへ足音もけたたましく、一人の俠客《きょうかく》が飛び込んできた。

「八巻の旦那! 荒海《あらうみ》ノ三《さん》右衛《え》門《もん》でござんす! 一の子分がご挨拶にやってめぇりやした!」

屋根を突き破りそうな大声だ。由利之丞は、

（うわぁ、とんでもなく面倒なお人と顔を合わせちまったよ……）

　という表情を浮かべた。荒海ノ三右衛門という男、困った時にはたいそう頼りになるけれども、そうじゃない時にはなるべく顔を合わせたくない。

　三右衛門は目敏く由利之丞を見つけた。

「なんだ手前《てめ》ぇか。旦那の御前までご挨拶にあがるとは殊勝な心がけだ——と言いてぇところだが、なんぞケチ臭《くせ》ぇ魂胆があってのことだろう！」

　タダ飯にありつきにきた、とは確かにケチ臭い。しかしここは神妙な態度を取り繕《つくろ》う。

「若旦那のお役に立ちたい、という一心で来たんだよ……」

　美鈴が大盛りによそったご飯を食べてあげるのも卯之吉のためだ。嘘はついていない。

　それにしても腹が減った。三右衛門に頼めばご飯ぐらいは食べさせてくれるだろうが、侠客相手に一飯の恩義は高くつく。ヤクザ者同士の出入り（喧嘩）に駆り出されたりしたら大変だ。

　卯之吉が羽織姿で出てきた。

「ああ、おはよう」

まだ眠そうな顔をしているが、若旦那育ちで行儀はよい。台所の板敷きに上品に腰を下ろした。

三右衛門は勢い込んで身を乗り出してきた。

「一大事ですぜ、殺しだ！　昨夜《ゆんべ》、殺しがありやした！」

「それはまた、物騒なことだねぇ」

卯之吉は気のない返事をした。辣腕《らつわん》同心ということになっているけれども本性は遊び人だ。粋な話には関心を示すけれども、無粋な話には関心を示さない。そこが粋人《すいじん》と野次馬の違いだった。

そうとは思ってもいない三右衛門は報告を続ける。

「よりにもよって、村田の目の前《め》ぇでの殺しですぜ！」

「村田さんの目の前で人が殺されたってのかい」

「村田の野郎め、面目を潰されたってんで、朝から――いいや昨夜っから、寝ずに走り回ってやすぜ」

村田と三右衛門は仲が悪い。ふたりとも意地っ張りだからだ。三右衛門は、ざまあみろ、と言わんばかりの顔をしていた。

卯之吉は「ふぅん」と気のない返事だ。

「村田さんが御詮議に乗り出したのなら心配いらないだろうね」

本当は村田こそが南町奉行所一の同心なのだ。卯之吉のせいで散々な目に遭わされているけれども。

卯之吉は今にも「安心したから、あたしはもうひと眠りするよ」と言わんばかりの顔つきである。三右衛門は続ける。

「なんとも面妖な一件でしてね。殺された場所には、一挺《ちょう》の大名駕籠が乗り捨てられていた、ってんで」

「乗物が？　どういうわけで？」

「あっしには何もわかりやせんぜ。村田も見当がつきかねてるらしいや」

卯之吉は急にシャッキリと目を開けた。激しく興味をそそられた顔つきである。

「この目で見てみたいねぇ。銀八、出掛ける用意をしておくれ」

三右衛門は「オッ」と声を上げた。

「八巻の旦那のご出馬か。こっちも腕が鳴るってもんだ」

銀八が十手を取りに座敷に向かう。卯之吉は懐から財布を出して由利之丞に差し出した。

「使いをさせて悪いんだけどねぇ。このお金を、溝口左門様の道場まで届けてはくれないかねぇ？　今月分の美鈴様への給金が入ってるんだ」

受け取るとズッシリと重い。こんな重たい財布を手にしたことなど、由利之丞は一度もない。

「いくら入ってるのさ」

「さぁてねぇ？　いくらぐらい入っているのかねぇ？」

「自分の財布に入っている金額も知らないのかい」

「財布ごと美鈴様に渡せば、給金だけ抜いて返してくれるから大丈夫さ」

なんという大雑把《おおざつぱ》な金銭の扱いか。

由利之丞は恐々と、大金の入った財布を見つめた。

「使いに行くのはかまわないけどさ、オイラなんかに大金を預けて大丈夫なのかい？　持ち逃げをされたらどうする気なのさ？」

「持ち逃げする側が持ち逃げの心配をしてどうする」

三右衛門が呆《あき》れた顔でそう言った。

＊

問題の死体と乗物は大番屋の中に置かれてあった。

「ああ、あったあった」

卯之吉は乗物を見つけるなり歩み寄る。興味津々の顔つきだ。

大番屋には玉木がいたが先達（先輩）に対する挨拶もない。何かに夢中になるとそれしか目に入らなくなるのだ。

「これがお大名様のお乗物かね。ほうほう」

屋根を開け、扉を開閉して覗き込む。そこへ村田が入ってきた。卯之吉の姿を見つけるなり露骨に不機嫌な顔つきとなった。

「手前ぇを呼んだ覚えはねぇぞ」

言外に、余計なことには首を突っこまずにとっとと帰れ、と言っているのだが、卯之吉には通じない。ニッコリと微笑むと、

「あたしが勝手に来てやってることですから、お気遣いなく」

「なんで手前ぇに気を遣わなくちゃならねぇんだよ」

いちいち調子を外されてしまう。さしもの村田も卯之吉だけは苦手なのだ。

卯之吉は「ふんふん、ほうほう」などと言いながら乗物を検《あらた》めている。

「どちらのお大名のお持ち物なのか、わかったのですかね」

玉木が答える。

「どこの大名も名乗り出てこないよ。まぁ、名乗り出ることはないだろうなぁ。恥をさらすことになる。俺たちは町方役人。『お宅の乗物ではございませんか』と大名に尋ねて回ることもできないしな」

「黙ってろ」

村田が玉木を睨んだ。玉木は首を竦《すく》めて退《しりぞ》いた。

卯之吉は乗物を舐《な》めるようにして眺めている。

「ずいぶんな古物ですねぇ。お大名のご依頼を受けて乗物を造る職人さんなんて、そう大勢はいらっしゃらないでしょうから、職人さんを当たってゆけば持ち主がわかるんじゃないですかねぇ」

玉木が答える。

「大名家の国許《くにもと》にだって職人はいるんだぜ？　日本国中の城下町を質して回ることもできないだろうよ」

村田が玉木に食ってかかる。

「勝手にハチマキを詮議に加えるんじゃねぇ！　この一件は俺の掛かりだぞ！」

玉木は薄笑いを浮かべている。

「まぁまぁ、いいじゃないですか。三人集まれば文殊《もんじゅ》の知恵ですよ」

「なんでハチマキなんぞの知恵を借りなきゃならねぇんだよ！」

などといっている間に卯之吉は、漆塗りの乗物に爪を立てて、バリバリと外板を引き剝《ひ》《は》がし始めた。これには村田も仰天した。

「手前ぇ！　大名家の持ち物をぶっ壊しやがって、どういうつもりだッ！」

卯之吉は剝がした板を指でつまんでブラブラと揺らした。

「村田さん、これ……、漆塗りの板を駕籠の外側に張りつけて、お大名の乗物に見せかけているだけですよ。ほら」

卯之吉は乗物の棒（担ぎ手が肩にのせる部分）に張られていた漆板をどんどん剝がしていく。村田もようやく事態に気づいた。

「これは大名の乗物じゃねぇぞ。権門《けんもん》駕籠だ！」

駕籠や乗物は使う人の身分によって形式が異なる。黒漆で塗られている物は大名が使う。白木の権門駕籠は大名家の家来などが使う。江戸中に何百挺もある安物だ。

玉木は首を傾げている。

「ということは！……つまり、どういうことなんだよ？」

続いて卯之吉は、斬られた武士の死体に歩み寄った。大番屋の奥に横たえられてあった。

「ちょいと御免なさいよ」

生きている人に対するように挨拶すると死体の着物の袴を捲《まく》り上げる。両脚を太股まで露わにさせる。左右の脹《ふく》ら脛《はぎ》を両手で摑んだ。

「村田さん、こちらの御方はお侍様じゃございませんよ。両脚の太さが同《おん》じだ。お侍様なら左のお腰にお刀を差している。その重さを支えるために左足だけ太くなるはずですものねぇ」

玉木がやってきて脹ら脛を調べた。

「ほんとだ。同じ太さだ」

村田が卯之吉を凝視する。

「つまり、どういうことだ」

卯之吉はニッコリと微笑んだ。

「これは酔狂ですよ」

「酔狂だァ？」

「どこかの遊び人が、お大名ごっこをして遊んでいた。古物の権門駕籠に黒漆の板を張りつけてお大名様の乗物に見せかけて江戸の町中を練り歩く。そういう悪ふざけだったんでしょうねぇ」

爛熟《らんじゅく》しきった江戸の町人文化。暇と金を持て余した金持ちの道楽者は、ときにとんでもない悪戯を思いつく。

「この一件、お大名家に問い質しても、なにも出てこないでしょうよ。遊び人の中を探さないとねぇ」

「くそっ！　玉木ッ、来いッ」

村田は叫んで大番屋を飛びだしていく。玉木も慌てて後に続いた。

「村田さん、この一件、大目付様に報せちゃいましたよ！　撤回しないと！」

「だから急ぐんじゃねェか！」

などと叫び声が聞こえてきた。卯之吉は駕籠を惜しそうに撫《な》でた。

「お大名のお乗物に触ることができると思って駆けつけてきたのに、とんだ当て外れだ。つまらないねぇ」

卯之吉にとっては、何もかもが遊興なのだ。

番屋の外で一部始終を見守っていた三右衛門が入ってくる。

「さすがですぜ！　一目で駕籠のからくりを見破るなんて、てぇしたもんだ！

さすがはオイラの旦那だ！」

「そんなに褒められることでも、ないけどねぇ」

「しかしですぜ」

三右衛門は納得をしていない顔つきだ。

「なんだえ？」

「この仏、ただの遊び人だとしたら、どういう子細《しさい》があって、斬り殺されなくちゃならなかったんですかえ？」

卯之吉は「ああ……」と声を漏らした。

「そう言われれば、不思議だねぇ」

卯之吉と三右衛門は横たえられた骸《むくろ》をもう一度見つめた。

五

浅草の周辺には田圃《たんぼ》が広がっている。俗に浅草田圃と呼ばれている。

田圃の中の畦道《あぜみち》を由利之丞と水谷弥五郎《みずたにやごろう》が歩いている。

「使い走りぐらい、一人で行けぬのか」

「だってさ、大金なんだぜ？　追剝《おいはぎ》に取られたらどうするのさ。弁償ができる額じゃない」

「ま、それもそうか」

「使いの駄賃は弥五さんの分までもらってやるからさ」

などと言いながら二人は歩き続け、溝口道場に辿《たど》りついた。

「頼もう！」

「御免下さぁい」

二人で声をかけたが返事はない。水谷は耳を澄ませた。

「誰もいないようだぞ」

「変だなぁ。美鈴様はこちらに帰っているはずなんだけど」

水谷は庭に回る。建物の雨戸は残らず閉められていた。

桟《さん》に触ると指先に土埃《つちぼこり》がついた。

「この汚れの溜まりようから察するに、三日は掃除をしていないな。この雨戸は三日の間、ずっと閉め切りだった、ということだ」

「どういうこと？」

「見当もつかんな」

　二人は途方に暮れた。しばらく待ったが、溝口左門も美鈴も戻ってこない。日
「見当もつかんな」

が暮れる前に帰ろうという話になって、二人はその場を離れた。

＊

夜が更けた。深川の富ヶ岡八幡宮《とみがおかはちまんぐう》の門前町にはたくさんの料理茶屋（料亭）が建ち並んでいる。

もともとこの地は〝江戸〟ではなかった。町奉行所の支配地ではないので風紀の取り締まりが緩い。夜間の歌舞音曲《かぶおんぎょく》も多めに見られている。それゆえに盛り場として大変に繁盛していた。

一軒の料理茶屋の座敷に、貧乏大名の三男坊、梅本源之丞《うめもとげんのじょう》がドッカと胡座《あぐら》をかいていた。朱塗りの大盃を豪快に呷っている。

「お見事。さぁ、もう一献」

銚釐《ちろり》で酒を注ぐのは、深川一の売れっ子芸者、菊野《きくの》であった。

江戸一番と評判の美女に艶然《えんぜん》と微笑みかけられて源之丞の頰も思わず緩むが、
しかし、うっとりとしてもいられない。江戸一番の美女であるから当然に、お座

敷代が高くつく。

　源之丞は大名家の御曹司だが、昨今の大名はいずこも勝手不如意《かってふにょい》――わかりやすく言えば貧乏である。しかも三男で部屋住みの身。酷い言い方をすれば穀潰《ごくつぶ》しだ。銭などまったく持っていない。

　飲み代の支払いはもっぱら卯之吉に任せてある。その卯之吉がいないとなれば、いささか肩身が狭いのだ。

「今夜は卯之さんは来ないのかい」

「お役に熱を入れていらっしゃるようですよ」

「あいつが？　同心の役儀に励むなんて珍しいな。どういう風の吹き回しだい」

「卯之さんは珍しい捕り物には夢中になるお人。よほどに関心を惹かれる一件があったのに相違ござんせん」

「なるほどな。しかしこっちは居心地が悪いぜ」

「あら？　わっちのお酌じゃお嫌？」

「嫌なわけがねぇ。だが、いつものようにからっけつだ」

「お足のことなら心配いりませぬのに」

「銭の心配もなく芸者と酒が飲めるのは心底惚《ほ》れられた男――間夫《まぶ》だけだろう

ぜ」

　菊野はほんのりと微笑んで源之丞を見つめた。

「間夫ではお嫌？」

「嫌なわけがねえ」

「本気でわっちを惚れぬいておくれかい？」

　源之丞と菊野は暫《しば》し無言で見つめ合う。

　源之丞は唇の端をちょっと曲げて笑った。

「やめとこう」

「あら、どうして」

「深川一の姐《ねえ》さんの間夫になったりしたら、江戸中の男どもに憎まれらぁ。いつ、どこで、命を狙われるかわからねぇ。剣呑《けんのん》極まるってもんだ」

「あらあら」

「大名の子、なんていったって、所詮は部屋住みの冷や飯食らい。オイラみてぇな半端者《もん》に女の間夫は荷が重い。せいぜい用心棒がいいところだ」

　源之丞は身を乗り出した。

「どうだい、オイラを用心棒に雇っちゃくれめぇか。お代は酒だ。姐さんにまとわりつく悪い男どもを片っ端からやっつけてくれようぜ。喧嘩にゃあちょっとばかり自信がある」

　菊野は面白そうに笑った。

「それじゃあ間夫をやってるのと同じぐらいに危ない暮らしじゃあござんせんか」

「あっ、それはそうだな。間夫でも用心棒でも襲ってくる奴らは同じか」

　源之丞はカラカラと笑った。

　その時そこへ別の芸者がやってきた。濡れ縁（廊下）を渡ってきて、座敷の障子の外に膝をついた。

「姐さん、ちょいと……」

　なにやら深刻そうな顔をしている。何事かが起こったようだ。菊野は障子の近くまで進んだ。

「なんだえ」

「奥のお座敷に越中屋《えっちゅうや》の若旦那さんがお入りになっているのだけれど……」

　越中屋は江戸でも指折りの薬種《やくしゅ》問屋で、跡取り息子の亥太郎《いたろう》は道楽者として知られていた。金払いが良いので遊廓や料亭からは好かれているが、下品な遊びを好むので、芸者たちからは好かれていない。

「また何ぞ、無茶な遊びを強《し》いてくるのかい」

若い芸者を困らせたり泣かせたり。菊野にピシャリと叱られたこともたびたびあった。

芸者は首を横に振った。

「その逆。人を遠ざけて一人で酒を飲んでいなさいます」

「賑やかなことが好きな亥太郎さんが、今夜に限って遊び仲間を引き連れてもいないのかい？ それは変だね。なにかあったのかもしれないね」

「酷く落ち込んだご様子で、シクシクと泣いていたかと思ったら、急に怒鳴り散らしたり……。姐さん、あたしは心配でなりません。自害やなんかをしでかしやしないかと」

「そんなに取り乱したご様子なのかい」

「亥太郎さんに遠慮なくものが言えるのは菊野姐さんだけ。亥太郎さんは、姐さんのことを実の姉さんのように慕っておいでだ。姐さん、面倒を押しつけるようで悪いんだけど、亥太郎さんを宥《なだ》めてやっておくれじゃないか」

菊野が返事をする前に、源之丞が「言って来《き》ねぇ」と言った。話が聞こえていたのだ。

「こっちはツケで飲んでる身だ。人気芸者を独り占めにできるほど図々しくは振る舞えねえや。ひねくれ者の亥太郎も、お前ぇにだけは心を開く。亥太郎や芸者の身に何かあったら大変だ。行ってこい、行ってこい」

菊野は源之丞に向かって頷き返した。それから芸者に向かって言う。

「源さんのお相手を頼んだよ」

そう言って、亥太郎のいる座敷に向かった。


亥太郎は広い座敷の真ん中にいた。膳が散らかり、割れた皿が散乱している。

亥太郎は不貞腐《ふてくさ》れたような目を菊野に向けた。

「菊野か……」

それからガックリとうなだれた。

「あい。菊野でござんすよ」

菊野は亥太郎の横に座った。慈母のように優しく語りかける。

「どうしなすったんです若旦那。こんな飲み方、若旦那らしくもない」

姉とも慕う菊野の顔を見て、張りつめた糸が切れたのだろうか、亥太郎は肩を震わせて泣き始めた。傍らに転がっていた杯を摑むと、震える手で菊野に向かって差し出した。

菊野は黙って酌をする。亥太郎は杯の酒を見つめて、またも激しく身を震わせた。

「……姐さんの酌で飲む酒も、きっとこれが最後だ」

一気に呷って飲み、酒臭い息を吐く。菊野は亥太郎の顔を覗き込んだ。

「どうしてそんな事を言うんです」

「オイラは殺される」

「なんですって」

亥太郎は泣きはらした目を菊野に向けた。

「仙蔵《せんぞう》も、直次郎《なおじろう》も殺された！　次はオイラの番だ！」

その二人は亥太郎の放蕩《ほうとう》仲間だ。一緒につるんで質《たち》の悪い遊びばかりをしていた。

「何を言っているの。どういうわけでそんなことに」

「聞いてくれ。オイラたちは、とんでもねぇ事をしちまった！　いつもの酔狂だ。ただの遊びだったんだ。吉原や深川の粋人たちをアッと言わせてやりてぇ。

ただそれだけだったんだ」

　亥太郎は止まらぬ涙を手で拭う。

「姐さん、大名行列のお侍が斬られて死んだ話は、聞いてるかい」

　菊野は頷いた。奇怪な事件だけに江戸の評判となっている。

「斬られたのはお侍なんかじゃねぇ。質屋の直次郎なんだ！」

「なんですって」

「直次郎だけじゃない。仙蔵も殺された！　遊びに関わった仲間たちが、見つかり次第に殺されてるんだ！」

「どうしてそんなことになっているの」

　そう問いかけたその時、菊野はハッとして障子に目を向けた。

　障子の外には庭がある。庭の植え込みをかき分けて何かが近づいてくる。庭木の枝の折れる音。野良犬などの大きさではない。

　障子がバンッと蹴《け》り破られた。黒ずくめの曲者が座敷に飛び込んできた。抜き身の刀を上段に構えた。

　菊野は叫んだ。

「亥太郎さんッ、逃げてッ」

目の前にあった四足膳を摑むと曲者の顔を目掛けて投げつけた。曲者が一瞬たじろいだ。刀の鍔《つば》で顔をかばって膳を打ち払う。

その隙に菊野は亥太郎の身体を思い切り突き飛ばした。

「キエィッ！」

曲者が斬りつける。間一髪、間に合って亥太郎は斬撃を逃れた。菊野も座敷の隅まで逃げる。今度は大皿を摑んで曲者に投げた。曲者は刀で大皿を受ける。空中で大皿が割れた。

直後、座敷の襖が勢い良く開けられた。

「菊野ッ」

源之丞が飛び込んできた。左手には大刀を鞘《さや》ごと握っている。曲者は源之丞に気づくやいなや足を踏み替えて横殴りの斬撃を放った。

源之丞は咄嗟に刀の鞘で受ける。曲者は真後ろに跳んで離れた。

「おのれっ！」

源之丞は鞘を払う。抜き身の大刀を構える間もなく曲者が斬り込んできた。源之丞はガッチリと受けた。刃と刃が削れあう。鍔《つば》と鍔とで押し合った。源之丞の目と曲者の目が睨み合う。

「どおりゃあっ！」

源之丞が力任せに突き飛ばす。曲者の体勢が崩れた。源之丞はさらに斬りかかる。曲者は真横に跳んで避けて、障子を破り倒しながら庭まで逃げた。源之丞はすかさず追う。

夜の庭。踏み石や庭木で足場が悪い。源之丞が斬りかかる。曲者は庭石の上に跳んだ。源之丞の刀が庭石に当たって火花を散らした。

「きゃあっ！」

女の悲鳴が上がった。芸者か、配膳の女中か。皿の割れる音がした。

「喧嘩だ、喧嘩だ！」

「お侍が刀を抜いてるぞ！」

酔客たちも喚《わめ》いている。曲者は焦りを隠せない。悔しげに源之丞を睨みつけると庭石の上から塀へと跳んだ。

「待ちやがれッ！」

源之丞は追おうとしたが、曲者のように身軽に跳ぶことはできなかった。曲者は何かを庭にばら撒くと塀の向こうに姿を消した。

「くそっ、撒き菱か」

追うことができない。菊野の身も心配だ。源之丞は座敷に戻った。

「菊野ッ」

菊野は大きく息を弾ませている。

「わっちは大丈夫」

源之丞は落ちていた鞘を拾い、刀をパチリと納めた。

「用心棒を務めるなんて言った矢先にこれだ。さすがは江戸一番の人気芸者。タダ酒が高くつくぜ」

菊野に目を向ける。

「本当に怪我はねぇのかい」

菊野は目を潤ませている。無言で頷いて源之丞の胸に飛び込もうとしたその時、横から亥太郎が飛びだしてきて源之丞に抱きついた。

「あなた様は命の恩人でございます！」

源之丞は亥太郎の襟首を摑んで手荒に引き剝がす。

「男に抱きつかれたって嬉しかぁねぇんだよ！　しゃんとしやがれッ」

泣きじゃくる亥太郎を片腕で猫のようにぶら下げたまま菊野に質した。

「こいつ、どうする」

菊野はちょっと思案してから答えた。

「やはりここは、卯之さんに来てもらうしかござんすまい」

料理茶屋から使いの者が出されて、八丁堀へと走った。

六

「……というわけでね。溝口先生の道場には、美鈴さんも、先生も、どっちもいなかったんだよ」

八丁堀にある卯之吉の役宅の座敷。由利之丞が事の次第を告げている。その横には水谷弥五郎の姿もあった。

銀八は首を傾げている。

「いらっしゃらなかったんでげすか？　変でげすね」

「お給金を渡すこともできなかったのさ」

懐から財布を出して畳の上にドカッと置く。そっと静かに置きたいところなのだが、小判がたくさん入っているから重い。

「困ったねぇ」

卯之吉は無造作に財布を摑むと、中身を確かめもせずに懐に入れようとした。

慌てて由利之丞が一言添える。

「お役には立てなかったけどさ、溝口道場まで行ったんだし、お駄賃は……？」

「ああ、そうだったね」

卯之吉は財布を開くと小判を一枚摘まみ出して「はい」と渡した。

使いの駄賃は十二文と相場が決まっている。小判の一両は銅銭に換算すると四千文ほどだ（変動相場制）。とんでもない金銭感覚であった。

由利之丞も水谷もギクリとして顔を見合わせたが、くれるというものをこちらから「多過ぎる」と文句をつけるのも変だ。ありがたく頂戴《ちょうだい》することにした。

卯之吉は何やら考え込んでいる。

「美鈴様には、ご実家に御用がある、というのでお帰りいただきましたが……。親子揃ってどこへ行かれたのでしょうねぇ」

水谷が答える。

「実家というのは溝口殿の生国《しょうごく》のことではないのか。溝口殿はいずこのご出身なのだ」

「知りませんねぇ」

道場の主《あるじ》ではあるが身分は牢人。牢人になった理由については、本人や主家の恥を晒《さら》すことになるので、問い質さないのが礼節であった。

その時。表戸をホトホトと叩く者があった。

「御免下さいやし。八巻様はご在宅でございましょうか」

「おや。こんな夜更けに誰だろう。銀八、見てきておくれ」

「へぇい」

銀八が戸口まで出ていって、すぐに戻ってきた。

「菊野姐さんからの使いでげす。深川で、なにやらとんでもねぇ事が起こったらしいんでげす」

「おや。そいつはいけないねぇ。使いのお人をここに通しておくれ」

「それはまずいでげすよ若旦那。旦那の馴染みの料理茶屋から来た男衆《おとこし》でげす。旦那のお顔を良く知ってるお人でげす」

同心八巻の正体が三国屋の若旦那だという事実が露顕《ろけん》してしまう。

「そいつは困ったねぇ。どうしようか」

すると由利之丞が自分の顔を指差しながらグイグイと身を乗り出してきた。

「ここにあたしがいるじゃないか。見事、影武者を務め上げてみせるよ」

これで今日の駄賃が二両になった、などと内心で算盤を弾いているのに違いなかった。

＊

深川の料理茶屋。座敷には源之丞、菊野、亥太郎の三人がいる。源之丞は刀を引き寄せている。曲者が再び襲ってくるかもわからない。緊張を解くことはできない。菊野も緊迫した顔つきだ。亥太郎は完全に落ち着きを失っている。菊野に励まされていないと、その場に座ってもいられないほどだった。

店の男衆がやってきた。

「八巻様のご到着でござんす」

「おお、来たか」

源之丞も頬を緩めて大きく息を吐いた。菊野も笑顔を取り戻す。

由利之丞が堂々と乗り込んできた。黒巻羽織で腰には朱房《しゆぶさ》の十手を差している。

「南町奉行所同心、八巻である。皆の者、控えませィ！」

亥太郎は「へへーっ」と平伏《へいふく》したが、菊野と源之丞はポカーンと口を開けている。なんでお前がここに来た？　と言わんばかりの顔つきだ。

そこへ卯之吉がヘラヘラと薄笑いを浮かべながら入ってきた。そこで初めて菊野と源之丞は（そういうことか）と理解した。

銀八と水谷弥五郎も座敷の隅に控えて座る。亥太郎は、

「そちら様は？」

と質した。由利之丞が答える。

「わしが召し使う密偵の水谷弥五郎だ。剣術の門人でもある。なにしろわしは江戸でも五指に数えられる剣豪だからな」

よくもこんなに堂々と嘘がつけるものだと、亥太郎以外の全員が呆れた。役者であるから役に入り込むのが仕事ではあるのだが。

卯之吉は面白そうに笑っている。面白ければなんでもいい。

亥太郎が卯之吉に気づいた。同じ遊び人同士。互いの顔を知っている。

「三国屋の卯之じゃねぇか。なんだってお前《め》ぇがここにいるんだ」

「卯之吉様をお呼びだっていうから、てっきりあたしが呼ばれたのかと思ってねぇ」

「そう言われれば、確かに同じ名前だが、お前ぇを呼ぶわけがねぇだろう」

遊び人同士の意地の張り合いは熾烈《しれつ》である。卯之吉はどうでもいいと思ってい

るが、亥太郎のほうは敵意剝き出しだ。

菊野が亥太郎の袖を引いた。

「八巻様の御前ですよ。話を聞いていただきましょう。あなたは命を狙われているんですよ」

亥太郎の顔色がたちまち悪くなる。

「そ、そうだった……。八巻様、どうか手前の話を聞いてやっておくんなせぇ」

「うむ。聞こうじゃないか」

由利之丞は袖の中で腕など組んで、もっともらしい顔をした。

亥太郎は、晩秋だというのに額に汗を滲《にじ》ませながら語り始めた。

「手前どもにとってはいつもの酔狂。暇つぶしの悪ふざけだったのでございます。それなのに、こんなことになっちまうなんて……」

その話を持ち込んできたのは質屋の直次郎だったという。

「大名行列をやってみねぇか」

深川の料理茶屋での酒宴。遅れてやってきた直次郎が、熱に浮かされたような顔つきで持ちかけてきた。

亥太郎は面倒臭そうに聞き返した。

「中間奴《ちゅうげんやっこ》にでもなろうってのか」

大名行列の荷物運びの中間は、町人が雇われて務める。中間奉公している間だけ士分になる。侍と町人の中間の身分だから、中間と呼ばれた。

「そんなんじゃねぇよ。侍の格好をして堂々と練り歩くのさ。乗物も用意してある」

放蕩仲間の仙蔵が胡散臭《うさんくさ》そうに直次郎を見た。

「お大名のお乗物なんてもんを、どうやって手に入れたんだ」

「それは言えねぇんだ。さるところからの借り物だと思いなよ」

亥太郎は「面白そうだな」と身を乗り出した。何にでも考え無しに飛びつく男なのだ。しかしちょっとばかり分別のある仙蔵が「待て待て」と止めた。

「町奉行所のお役人の御詮議を受けたらどうする？　大名に化けたのがバレたら打ち首だぞ」

「心配《しんぺ》ぇすんなって。町奉行所のお役人様は、お大名の詮議はできねぇんだ。何か言われたら『控えよ無礼者！』と叱り飛ばしてやればいい。ペコペコと這《は》いつくばって頭を下げるのはあっちだぜ」

それを聞いた亥太郎は両手を叩いて喜んだ。

「そいつぁ面白《おもしれ》ぇや！　考えただけで胸がスキッとするぜ」

「だろう？　大名行列を装って、江戸の真ん中を突っ切ることができればオイラたちの勝ちだ。賭け金を頂戴できることになってる」

仙蔵が眉根を寄せた。

「なんだと、賭けまでしているのか」

「そうだよ。『どうせできっこねぇだろう』と言われてよ、銭を賭けられたんだ。『できません』なんて答えたら江戸っ子の意気地《いくじ》が廃《すた》れるってもんだぜ」

悪ふざけに命と金をかけて興じる。それぐらいに危険な橋を渡らなければ生きている甲斐も感じられない。無為徒食《むいとしょく》の放蕩息子の精神はそこまで腐蝕しきっている。何百年もの太平は人の心を歪《ゆが》ませてしまう。

結局のところ三人は「面白ぇ、やってやろうぜ」ということになって、遊び仲間をかき集めた。

刀は質屋の直次郎が質草を蔵から持ち出して揃えた。装束は古着屋で売っている。江戸には数十万人もの武士が暮らしている。古くなった裃《かみしも》も売りに出される。庶民が別の着物に仕立て直すのだ。銭さえあれば二十人分の裃を揃えることも容易だった。

どうせなら夜中に町を練り歩き、幽霊行列という評判をとってやろう、という話になった。江戸中が大騒ぎになってから「実はあれは俺たちだった」と打ち明ける。放蕩仲間たちの驚く顔が目に浮かんだ。一生ものの自慢の種になるはずだった。

「オイラたちは決めた場所に刻限通りに集まった。駕籠を担いで歩きだしたんだ。そうしたら、曲者が襲いかかってきて直次郎が斬られちまった……。『俺が持ち込んだ話だから俺が先頭を行く。お役人に咎《とが》められたら俺が叱り飛ばしてくれる』って、張り切っていたのによォ……」

亥太郎は顔を両手で覆って泣きだした。

「呆れたねぇ」

菊野が心底から呆れた顔つきになってそう言った。

亥太郎は泣き続ける。由利之丞はチラリと卯之吉に目を向けた。同心のふりをしているだけだから、次に何を問えば良いのかがわからない。

卯之吉が代わりに質した。

「襲われた後は、どうしたのかねぇ」

「みんな散り散りになって逃げた。生きた心地もしなかったぜ。人が斬られたのを、生まれて初めて見たんだからな」

「それは、あたしも見たことがないけどねぇ」

水谷弥五郎が「いや、あるだろう？」と呟いた。卯之吉の前で人を斬ったことが何度もある。

由利之丞が水谷に耳打ちする。

「若旦那は、斬り合いの時には立ったままで気を失っているから、何も見ていないんだよ」

「ああ、そうか……」

卯之吉は興味津々に訊《たず》ね続ける。

「仙蔵さんが殺されたってのは、本当の話かい」

亥太郎は冷や汗を滴《したた》らせて頷いた。

「本当だ。あいつは気が弱いから、すっかり怯《おび》えて向島《むこうじま》の寮に引っ込んだんだ」

寮とは金持ちの別宅のこと。仙蔵の家も豪商なのだ。

「だけどあいつも殺されちまった。どういう理由《わけ》で隠れ場所が露顕《ろけん》したのか、それもわからねぇ」

卯之吉は首を傾げた。

「仙蔵さんが殺された、なんて届けは、町奉行所には出されていないよね？」

亥太郎が怪訝な顔をする。

「お前ぇが町奉行所について、何を知ってるってんだよ？」

由利之丞が慌てて割って入る。

「いや、それはわしが言うべき台詞《せりふ》であった。町奉行所に届け出がないのは、いかなる子細があってのことか」

会話がもう目茶苦茶である。源之丞と菊野は頭を抱えている。

亥太郎が答える。

「仙蔵は一部始終を親に告げていたんでございます。お大名の行列に扮した悪戯を町奉行所に知られたなら家禄没収もありえます」

財産を公儀に没収されるという財産刑がある。仙蔵の親はそれを恐れてすべてを秘密にしたのだという。

質屋の直次郎の親も同じだ。子供はすでに殺された。お上に訴えたところで生き返りはしない。逆に財産を没収される。黙っていたほうが得策なのだ。

卯之吉は「ふむふむ」と頷きながら聞いている。

「そして次には亥太郎さんが狙われた、ということだねぇ。これはきっと口封じだ。直次郎さんに話を持ちかけたお人が、その正体を知られたくなくて、関わったお人を殺《あや》めているのに違いないねぇ」

亥太郎が叫んだ。

「オイラは何も知っちゃいねぇ！　誰と賭けをしているのか、直次郎に訊いても、アイツはニヤニヤするばかりで何も教えちゃくれなかったんだ」

「確かに直次郎さんはそういうひねくれたお人でしたねぇ。あたしは信じますよ。だけど曲者たちは、そうは思っていないでしょうけどねぇ」

「卯之！　手前ぇは他人事《ひとごと》だからって呑気に抜かしやがって！」

亥太郎が涙目になって由利之丞ににじり寄った。

「なにとぞ！　なにとぞ八巻様のお力で手前をお救いください！　お礼なら十分に差し上げます！」

「本当かい？　いくらぐらい頂戴できるの？」

菊野が笑顔で睨みつける。

「八巻様は、賂《まいない》では動かぬ、清いお心のお役人様ですよ」

由利之丞は唇を尖《とが》らせた。

卯之吉はニヤニヤしながら由利之丞に聞いた。

「それで八巻様、今の話を聞いて、曲者の正体にお心当たりがつきましたでしょうか」

どういうつもりでそんなことを言いだしたのかわからない。きっと単純に面白がっているだけなのに違いない。

「うむ。南北町奉行所一の切れ者同心との評判を取るこの八巻。目星はすでについておる！　ついておらぬでもない……。うーん、ついているような、ついていないような……」

皆にじっと注目されて由利之丞は動揺し、次に立ち上がった。

「ちょ、ちょっと雪隠に行ってくる！　三国屋の卯之吉、供を命じる！」

卯之吉を引っ張って濡れ縁に出た。

「ちょっと若旦那、どういうつもりなのさ。そう言う若旦那には曲者の目星がついてるのかい？」

「いいえ。今の話だけで推察しろってのは無茶ですよ」

「じゃあ、どうしようっての？　このままだと亥太郎の旦那は殺されちまうぜ」

「相手の正体がわからないのだから、相手が出てくるのを待つしかないでしょうねぇ。いや、おびき出すのが良いでしょうね」

卯之吉はヘラヘラと笑った。腹中に秘策があるのか、ないのか、よくわからない笑顔であった。

＊

喜七が徳右衛門の座敷にやってきた。濡れ縁で正座する。

「旦那様」

本日の徳右衛門は険しい面相で大福帳をめくり、イライラと算盤を弾いていた。喜七には目も向けずに答える。

「なんだい。またぞろどこかのお大名家が借金を頼みにきたのかい。鐚《びた》一文たりとも貸せる金はないよ。追い返しなさい」

「いいえ。そうではございませぬ。八巻様のお使いで銀八が参りました」

徳右衛門はハッとして顔を上げた。

「あたしの可愛い卯之吉の使いかい？　それで、その口上は」

「八巻様は、これより大がかりな捕り物をなさる、とのことで、捕り物の仕掛けに少しばかり金がかかる、との由《よし》にございます」

「それであたしを頼ってきたのかい。ホホホ。卯之吉も一人前になったように見えて、まだまだ子供。最後に頼るのはこのあたしなんだねぇ」

最愛の孫に頼ってもらえたことが嬉しい。祖父冥利《みようり》に尽きる。徳右衛門は手文庫（金庫）を開けると包み金を八つばかり摑み取った。包み紙の中には二十五両が入っているので、しめて二百両である。お盆の上に積み上げて喜七に渡す。

「これをお貸ししなさい」

「鐚一文たりとも貸せる銭はなかったのでは？」

「八巻様は別だよ！　これで足りなかったらいつでも借りに来るようにとね、伝えるんだよ」

この人、ちょっと駄目かもわからない。喜七は引《ひ》き攣《つ》った顔で頷いた。

＊

料理茶屋の広間に若者たちが集まっていた。奇妙奇天烈《きてれつ》に着飾ってかぶき者を気取った放蕩息子たちである。

普段はひねくれた顔つきで練り歩き、悪ふざけで世間を困らせている者たちであったが、今宵は全員が青い顔をして俯《うつむ》いていた。大名行列に加わった者たちだ。自分たちもまた、命を狙われていると知っている。

襖をカラッと開けて卯之吉が飛び込んできた。今日の卯之吉は三国屋の若旦那の格好だった。

「これはこれは。皆さんお集まりで！　さぁ今夜も楽しく歌い騒ぎましょう！」

一人でクルクルと踊りだす。銀八が慌てて止めた。

「ちょっと若旦那、そうじゃねぇでげしょう！」

「ああ、そうだったね」

卯之吉はチョコンと金屏風《きんびようぶ》の前に座った。先に亥太郎が座っている。卯之吉は亥太郎に向かって確かめた。

「あの夜に大名行列をしたお人は、これで全員がお揃いかい？　殺されたお二人を除いて、だけど」

「ああ。一人残らず顔を揃えていらぁ」

放蕩者の一人が卯之吉を睨みつけてくる。

「やい、卯之。俺たちを呼びつけやがってどういうつもりだ。こっちは命を狙われてるんだぞ。手前ぇと遊んでる暇なんかねぇんだ！」

この場にいる全員が同じ気持ちであっただろう。さすがの放蕩者たちも生きた心地がしない。

　卯之吉は「フフフ」と笑った。

「人は最後には死んでしまいますよ。あたしもあなたもいつかは死にます。遅いか早いかの違いがあるだけ。あたしらの放蕩は、どうせ〝死ぬまでの暇つぶし〟。暇つぶしに粋や張りを賭けるんだ。そうじゃやございませんかねぇ？」

　嫌みや皮肉ではない。本気でそう思っている。卯之吉にとっては、同心になったことすら遊興のひとつでしかない。

「あたしたち遊び人は、世間の評判が生きるすべてさ。命を狙われたぐらいのことで、楽しい遊びを途中で放り出すのは良くないねぇ」

　放蕩者が問い返す。

「どうしろって言うんだ！」

「大名行列のふりをして、江戸の市中を練り歩くことができれば皆さんの勝ち、賭けたお金も頂戴できる。そういう約束でしたよね」

　亥太郎に目を向ける。亥太郎は無言で頷いた。卯之吉は座敷の全員に笑顔を向けた。

「この勝負、まだ終わっちゃいませんよ。江戸の粋人《すいじん》の意地をかけて、今度の酔狂をやり遂げましょう！」

放蕩者が悲鳴をあげる。

「なにをさせようってんだ！」

「大名行列の続きをやるんですよ。今度こそ江戸中を練り歩き、世間をあっと言わせてやるんです」

放蕩者たちは茫然《ぼうぜん》として卯之吉の顔を見た。卯之吉はにこやかに笑っている。

「さぁお姐さんがた！　あたしたちにとっちゃあ一世一代の悪ふざけだ。景気づけの宴《うたげ》ですよ。派手にやっておくんなさい！」

着飾った芸者たちが座敷に入ってくる。放蕩者たちの横について酌をし始めた。

亥太郎が焦る。

「おいッ卯之！　こんなに芸者を呼んじまったら、これから大名行列をやろうとしてるってことが世間に知れ渡っちまうじゃねぇか！　人の口に戸は立てられねぇ。奴らに嗅《か》ぎつけられたらどうするッ。きっと襲いかかってくるぞ！」

「あたしはねぇ、遊びはとにかく派手で目立つのが好きなんですよ。ひっそりとコソコソやるのは性に合わない。あたしのやり方に付き合っておくんなさいよ」

　卯之吉は立ち上がった。

「大名行列を首尾よく果たせば大枚の賭け金が手に入ります。直次郎さんが生前に掛け合ってくれたはず。ここの宴はその金で払おうじゃないか。さぁみんな、安心して飲んでおくれな。姐さんがた、お囃子《はやし》を頼んだよ」

　銀八が青い顔をして擦り寄ってきた。小声で質す。

「若旦那！　直次郎さんに大名行列をけしかけて大金を賭けたっていう相手が誰なのか、わかっていなさるんですかい」

「知らないねぇ」

「ここの払いはどうなるんで？」

「それなら実は、もう済ませてあるんだよ。お祖父様から借りたお金でね。さぁ、気兼ねはいらない。どんどん行こう！」

　卯之吉は金扇《きんせん》を掲げると、お囃子に合わせて踊りだした。

　大宴会は深川中に知れ渡り、二階座敷の下には見物人まで集まってきた。

七

深夜。江戸は静かに寝静まっている。空には月がかかり、遠くで犬が鳴いていた。

掘割沿いの暗い夜道を大名行列がやってくる。中間たちが乗物を担いでいた。その前後を五人ずつの武士が警固《けいご》する。白木の六尺棒で地面を突きながら進んできた。

夜霧が濃い。さらに闇だ。大名行列は笠を目深《まぶか》にかぶっている。人相はまったくわからず、まさに幽霊にしか見えなかった。

先頭で提灯を持つのは亥太郎であった。彼の顔だけが灯火《とうか》に照らされていた。緊張しきっている。怯えた目を道の左右の暗がりへと向けていた。裃姿で腰に刀を差しているが、まったく様になっていない。

「う、卯之よォ……。本当に大丈夫なのかよ……」

亥太郎の斜め後ろには裃姿の卯之吉がいる。いつものように軽薄な薄笑いを浮かべていた。

「まぁ、駄目な時には、どうしようもないんで、いさぎよく諦めるってことでどうですかね」

「お前ぇは本当に、遊びに命をかけているんだなぁ……」

亥太郎はホロホロと涙を流した。

「オイラは遊びを舐めてた……。この一件が無事に済んだら心を入れ替える。親の商いの修業をするよ」

卯之吉は微笑みを浮かべて亥太郎を見つめ、「うん」と頷いた。

それからちょっと目を遠くに向けた。

「無事に済んだら、の話だけどねぇ」

「なんだよ、その嫌な言いぐさ」

「だってねぇ、ほら。曲者の皆様がやってきましたよ」

卯之吉が目を向けていた方向から黒い人影が湧いて出た。荒々しくこちらに駆けてくる。覆面で面相を隠し、全身を黒い装束で包んでいる。亥太郎は悲鳴をあげた。

黒装束の曲者はおよそ十五人。大名行列を取り囲んだ。先頭に立つ曲者が低い声を放ってきた。

「放蕩者どもめ、くだらぬ遊びに興じおって。だが、ひとりひとり見つけ出して殺してまわる手間が省けた。一網打尽に仕留めてくれようぞ！」

亥太郎は早くも腰を抜かしている。

曲者が刀を抜いた。

「まずはお前からだ」

「待ってくれッ。事情を知っていたのは直次郎だけなんだ！　オイラは何も知らねぇッ。見逃してくれ！」

「問答無用ッ。死ねぇい！」

刀を振りかぶる。亥太郎は「ひいいいっ」と悲鳴をあげた。

その時、曲者と亥太郎の間に割って入った者がいた。大名行列に扮装《ふんそう》していた男の一人だ。刀を抜いて曲者の斬撃を打ち払った。

曲者は背後に飛びのく。覆面から覗いた目が驚いている。

「何者だッ。その太刀筋、商人の放蕩息子ではないなッ」

男は裃の裾を腰から脱いで背後にはねのけ、笠を脱ぎ捨てる。眼光鋭く曲者を睨みつけた。

「南町奉行所同心、村田銕三郎である。直次郎ならびに仙蔵殺しの科《とが》で捕縛いたす！」

「同じく、同心、尾上伸平！」

「玉木弥之助！」

笠と袢を外した二人が六尺棒をビュッと突きつけた。

さらには源之丞も前に出てくる。

「お前ぇは深川でオイラとやりあった男だな。覆面で顔を隠しても、眉間の黒子《ほくろ》に見覚えがあるぜ」

覆面でも目だけは隠せない。そこに特徴があったのだ。

「おのれっ！」

曲者が斬りつけてくる。

「危ねぇ！」

源之丞は亥太郎を思い切り突き飛ばしてから曲者の斬撃を刀で受けた。力比べの鍔《つば》迫《ぜ》り合いをしている間に亥太郎は尻餅《しりもち》をついたまま逃げていく。

同心たちは曲者の集団に刀と棒で立ち向かう。大捕り物の乱戦が始まった。

曲者は村田たちの背後に回り込もうとした。曲者の一人が指図する。

「後ろから斬れ！」

「おっと、そうはさせねぇぞ！」

乗物を担いでいた中間が乗物を投げ下ろして見得を切る。

「八巻の旦那の一の子分、荒海ノ三右衛門だ！　このオイラに駕籠かきの真似事なんかさせやがって、手前ぇら、許せねぇぞ！」

中間たちに扮していたのは荒海一家であったのだ。駕籠かきの真似事をさせたのは卯之吉なのだが、鬱憤は曲者にぶつける。

一家の代貸《だいかし》の寅三《とらぞう》が乗物の扉を開けた。中には長脇差《ながどす》が何本も隠されていた。

「親分！」

寅三が差し出した刀を三右衛門がムンズと摑む。鞘を払って抜き身の刃を光らせた。

「どおりゃあ！」

喧嘩で鍛えたヤクザ剣法で斬りかかる。

「わしもおるぞ」

駕籠かきの一人、水谷弥五郎が愛刀を摑んで腰帯に差し、やおら抜刀する。

荒海一家と水谷弥五郎が乱戦に加わった。罵声《ばせい》と刀の打ち合う音、荒々しい足音が地面を揺らす。亥太郎は頭を抱えて逃げ回った。

一人、卯之吉だけが悠然と立っている。その姿を見た亥太郎は、顔をクシャクシャにして涙を流した。

「卯之よォ、お前ぇはこの騒動を最後まで見届けようってんだな。そりゃあ、そうだよな。オイラたちで始めた悪ふざけだもんな。たかが悪ふざけにお前ぇはそこまで命と意地をかけているんだ。それでこそ江戸っ子だよ。お前ぇは本当にてぇしたもんだ。江戸一番の放蕩者だよ！」

もちろん卯之吉は立ったまま気を失っているのである。

銀八が怯えながらすり寄っていく。

「若旦那、そんなところで気を失ってたら危ねぇでげす！　逃げるでげすよ！」

袖を引くが卯之吉からはなんの反応もない。

曲者のひとりが卯之吉に気づいた。刀を振りかざして突進してきた。銀八も腰を抜かしてしまう。

「若旦那ァ！」

もとより気を失っている卯之吉は逃れることもできない。

「死ねぇ！」

曲者の刀が振り下ろされた。

あわや！　というその時、颯爽《さっそう》と割って入った人影が、その刀を打ち払った。

覆面をつけた武士である。卯之吉に斬りかかった曲者の刀を打ち払うと、

「トオッ！」

気合もろとも、一刀のもとに曲者を打ち倒した。

銀八に目を向ける。ひとつ頷くと、風のように走り去った。銀八は、

「あのお姿は、もしや……」

と呟いた。

捕り物も終わった。曲者たちは一網打尽にされている。縄を手荒に巻きつけながら三右衛門が、

「手間ァかけさせやがって！」

と、毒づいた。

源之丞も「フンッ」と鼻息を吹く。

「ちょうど身体が温まってきたところだってのに、もう終《しま》いか。歯ごたえのねぇ連中だぜ」

悪態をついて長い刀を鞘に納めた。そこに横から亥太郎が抱きついた。

「一度ならず二度までも命をお救いいただきました！　なんとお礼を申し上げれば良いものやら……！」

源之丞は心底から嫌そうな顔つきで、亥太郎を引き剝がそうとした。

「男に抱きつかれたって、喜ぶ男なんかいねぇって言ってるだろうが！」

それを見ていた水谷弥五郎が自分の顔を指差した。

「拙者は、男に抱きつかれたら嬉しいのだが？」

「弥五さん！」

由利之丞がふくれっ面《つら》で睨みつける。水谷はしどろもどろになって後ずさった。

その様子を遥か彼方《かなた》の屋根の上から、覆面の人物が見守っている。卯之吉の命を救った人物だ。

同心たちが曲者を立たせた。

「大番屋に引っ立てろ！」

村田銕三郎が大声を張り上げた。

八

南町奉行所の同心詰所で同心たちが書き物に追われている。捕り物の後では報告書を山ほど書いて提出しなければならない。捕縛した者たちの調べ書きもある。捕り物が済んで「めでたし、めでたし」とはいかないのだ。そこから先が大仕事なのであった。

そんな最中も卯之吉は、一人、長火鉢にあたって居眠りをしている。まるで縁側の猫だ。

それをみつけた村田銕三郎が歯ぎしりをした。

「ハチマキの野郎ッ、怠けくさりやがって！」

拳骨《げんこつ》を食らわせに行きそうな剣幕だ。尾上が「まあまあ」と宥めた。

「この捕り物が上手くいったのは、八巻が三国屋から借りてくれた銭のお陰なんですから」

「だからと言って怠けてもいいってロ実になるかよ！」

そこへ、内与力の沢田彦太郎《さわだひこたろう》が入ってきた。

「何を騒いでおる」

さしもの村田も慌ててその場に平伏する。沢田は村田に質した。

「捕縛した者どもの素性は明らかになったのか。詮議はどうなっておる」

村田はますます頭を低くさせる。

「いささか難儀をしておりまする。揃いも揃って強情者《ごうじょうもの》で、口を割ろうといたしませぬ」

「困ったことだな。身分がはっきりせぬのでは、いずこの役所で裁くべきなのかもわからぬ」

武士の身分なら目付役所で、町人なら町奉行所で、百姓であれば関東郡代役所で裁きを受ける。身分によって入る牢まで違うのだった。

玉木がやってきた。

「沢田様、お耳を……」

沢田に歩み寄って、何事か耳打ちした。沢田の顔色が変わった。

「すぐに伺《うかが》う、と伝えよ」

「ははっ」

玉木は奉行所の玄関の方に足早に戻る。

「厳しく詮議を続けよ」

沢田は村田に命じると、同心詰所を出ていった。

＊

沢田彦太郎は目の前の建物の大きな屋根を見上げている。

「……ここが本多出雲守《ほんだいずものかみ》様の下屋敷か。さすがはご老中。下屋敷とはいえ、たいしたものだな」

大名は上屋敷と中屋敷と下屋敷を持っている。下屋敷でさえ豪勢な御殿なのだ。筆頭老中の権勢と、懐に入る賂《まいない》の巨額ぶりが窺えた。

沢田彦太郎は書院の一室に通された。大名が接客に使う部屋だ。床ノ間の前に本多出雲守の席が用意してある。しばらく待たされて、出雲守が入ってきた。ドッカリと座る。沢田はずっと平伏している。

「大儀である。面《おもて》を上げよ」

声を掛けられて顔を上げた。本多出雲守は渋い表情を浮かべている。

「沢田よ。本日呼び寄せたのは他でもない。南町奉行所への密命があってのことじゃ。ただの指図であるならば町奉行に命じればよい。しかし、わざわざそなたを呼んで、口頭で命じねばならぬのだ。……この意味がわかるな？」

「御定法《ごじょうほう》をねじ曲げねばならぬようなご下命《かめい》、でしょうか」

「さすがは沢田じゃ。話が早い。されば内密に命じる。こたびの捕り物は〝なかったこと〟にいたせ。捕縛した者どもを解き放つのだ」

「なんと仰せにございましょうや」

「無理は承知で命じておる。ことは公儀の名誉に関わるのじゃ」

沢田彦太郎は答えない。その表情を本多出雲守は凝視している。

「……不承知、という顔つきじゃの」

「いかにも。南町奉行所をあげて不承知にございます」

沢田は畳に両手をついて平伏し、言上する。

「町奉行所の使命は江戸市中の安寧《あんねい》を保つこと。恐れ多くも上様が我らに命じた役儀にございます。我ら、命に代えても上様のご下命に従う所存。いかにご老中様の密命とは申せ、曲者どもを見逃しにはできかねまする」

「あっぱれな覚悟。それでこそ町奉行所の務めが果たせよう――と褒めてやりたいところなれど、こたびばかりは別儀じゃ。我が密命に黙って従え」

「子細もわからぬのに、従うことはできませぬ」

「子細を知って納得できれば従うと申すか。されど、子細を知ったならば、南町奉行所も難事に巻き込まれてしまうぞ」

「すでに巻き込まれておるかと存じまする」

本多出雲守と沢田彦太郎が睨み合う。上司と部下だが意地の張り合いの様相となった。

ついに本多出雲守が根負けした顔つきで「ふん」と言った。

「さようならば理由《わけ》を教えてやろう。ついてまいれ」

広大な屋敷の奥へと向かう。一室の襖の前に若侍が正座していた。

「開けよ」

出雲守が命じる。若侍は低頭してから襖に向き直り、室内に向かって声を掛けた。

「出雲守様、お越しにございまする」

それから鐶《かん》に両手を添えて襖を開けた。

室内には一人の男が座っていた。沢田からは横顔しか見えない。沢田は、

「なんじゃ？　八巻ではないか」

と言った。

「そのほう、そこで何をしておる」

ズカズカと踏み込む。

室内の男は鋭い一瞥《いちべつ》を投げつけてきた。

「断りもなく踏みこんでまいるとは、無礼であろう！」

「なにが無礼だ、お前こそ――」

怒鳴り返してやろうとすると出雲守が慌てて止めた。

「沢田、ようく見よ」

沢田は目をパチパチと瞬《しばた》いて相手の顔を凝視した。

「まさか……八巻とは別人？」

「左様。別人じゃ。沢田、控えよ。若君の御前である」

「若君、と仰せなさいまするど、こちらの御方は、いったい……」

「先の上様の御落胤《ごらくいん》、幸千代君じゃ」

「御落胤、すなわち先君《せんくん》の隠し子……ということは、当代の上様のご兄弟！」

沢田は顔を真っ青にして廊下まで退き、そこで平伏した。

「ご無礼の段、平《ひら》にご容赦を願い奉りまする！」

幸千代は何も言わない。

出雲守は廊下の若侍に命じて襖を閉めさせた。

出雲守と沢田は元の書院に戻る。

「肝が冷えたようじゃの、沢田」

「震えが止まりませぬ」

「詳しくは言えぬが、大名行列の一件、幸千代君と関わりがある。ゆえに表沙汰にはできぬのだ」

「捕らえし者どもは、ただちに解き放ち、捕り物に関わる書類の一切を焼き捨てまする」

「左様にいたせ」

沢田は懐紙《かいし》を取り出して額の汗を拭った。

「しかし……。八巻に瓜二つでございましたな……」

「わしも初めて見た時には驚いた。ともあれ、すぐに取りかかれ」

沢田彦太郎は平身低頭して、出雲守の御前より下がった。

＊

三国屋の手代、喜七が、紙の束を手にしてやってきた。

「旦那様、瓦版が届けられましてございます」

徳右衛門はほくそ笑みながら束を受け取り、一枚一枚、捲《めく》り始めた。

「あたしが貸した金子《きんす》で大がかりな捕り物を成し遂げたんだ。さぞや大々的に書かれていることだろうねぇ……」

などと言いながらすべてを捲って血相を変えた。

「ない！　卯之吉の手柄について書かれた瓦版がないよ！　これはいったいどういうことだい！」

「どういうことだい、と手前に訊かれましても……」

「ええい、どういうことなのか、問い質してくれよう！」

徳右衛門が立ち上がった。喜七が驚く。

「旦那様、どちらへお出かけでしょうか」

「瓦版屋だよ！　事と次第によっては、ただでは済まさない！」

喜七は慌てて徳右衛門を押しとどめようとした。

「おやめください！　旦那様が瓦版屋に怒鳴り込みなどしたら三国屋の暖簾《のれん》に傷がつきます！」

「ええい、邪魔だよ、どきなさいッ」

「こればかりは従えませぬ！」

二人は座敷で激しく揉《も》み合った。

第二章　甲斐国から来た若君

一

大名屋敷の御殿。畳廊下を気品のある老女が静々と歩んでくる。大井御前だ。緊迫しきった面相だ。顔色がよろしくなかった。

書院のまえに到着すると障子の前に侍《はべ》っていた若侍が室内に向けて言上《ごんじょう》した。

「大井御前様、お渡りにございまする」

「お入りいただけ」

室内から返事があった。若侍は障子を開けた。

老中の本多出雲守が書院窓に向かって座っている。横顔を向けた姿だ。窓の明かりで書状を読んでいる。書状を手にして歩んできて、大井御前と向かい合う形で座った。

「南町奉行所には手を打ち申した。捕らえられし者どもは、間もなく解き放ちとなろう」

今まで読んでいた書状を差し出す。南町奉行所からの報《しら》せ文であった。大井御前も目を通す。

「ご老中様には、ご面倒をおかけ申しました」

「なにゆえ、かような不始末となったのでござろうか」

「考えの至らぬ者どもの勇み足……。彼《か》の者どもは、幸千代君の警固《けいご》のためにつけられた勤番侍。幸千代君の傅役《もりやく》たる妾《わらわ》が束ねをせねばならぬところ。勤番侍どもの振る舞いに目が行き届かなかった妾にも、咎《とが》めがありましょうぞ」

「幸千代君につけられたは、甲府勤番でござったな。旗本、御家人の中でも札付きの悪《ワル》ばかりじゃ」

甲州、すなわち甲斐国は徳川幕府の公領（直轄領）だ。旗本や御家人たちが赴任して治めている。彼らは甲府勤番と呼ばれた。

甲府勤番は旗本や御家人の左遷先だ。〝山流し〟などと悪《あ》しざまに言われることもある。島流しと同様、江戸でしくじりを犯した武士が送られたのだ。

徳川幕府の家臣団は〝旗本八万騎〟とも呼ばれるが、その中で選《え》り抜きの切れ者が江戸で役儀に就く。算術や経済感覚に長《た》けた者は大坂で役人となる。長崎で外交と通商を担当する者もいる。優秀な者たちから順番に重要な職に就いていって、最終的に残った、箸《はし》にも棒にもひっかからぬ者たちが甲府送りにされるのだ。

「愚か者どもには、即刻、切腹を命じようぞ」

「それはなりませぬぞ出雲守殿」

大井御前が急いで止めた。

「何十人もが一時《いちどき》に腹を切れば、必ずや大きな騒ぎとなりましょう。世間に隠し通せるものではない。それでは揉《も》み消した意味がなくなりまするぞ」

「うむ、そのとおりじゃな……」

出雲守は苦虫を嚙みつぶしたような顔となる。

「甲府勤番山流し、度《ど》し難《がた》き者どもばかりじゃ。大井御前殿にも気苦労が絶えぬことでござろう」

「お心遣い、痛み入ります」

出雲守は突然に話を変える。

「実を申せば、上様のご容態が思わしくない」

「なんと」

「御殿医たちも近頃では気休めすら口にしなくなった。もしも上様に万が一のことがあらば、将軍職を継ぐことのできる御方は幸千代君をおいて他にはおわさぬ。幸千代君のご評判に傷のつくようなことがあってはならぬのじゃ」

「仰せの通り」

「徳川家ご親藩の中には、幸千代君を亡き者にして将軍職を手に入れよう、などと悪しき策謀を巡らせておる者も多い」

「まさか、ご親藩が、そのような非道をなさるのですか」

「尾張徳川家だけでも数万人の家臣がおる。それだけの人数がおれば、中には慮《りよ》外者《がいもの》もおるに違いない。主君への忠義をはき違えたあげくに幸千代君を殺《あや》めよう、などと心得違いをいたすのだ。尾張だけではない。紀州にも、水戸にも、会《あい》津《づ》にも、越前《えちぜん》にも、館林《たてばやし》にも、田安《たやす》にも一橋《ひとつばし》にも清水《しみず》にも、不心得者は必ずおろう。必ずいるものと考えて、幸千代君をお守りせねばならぬ」

大井御前の面相も険しい。徳川一門のすべてが幸千代の命を狙って刺客を放ってきたとして、果たして守りきることができるのだろうか。

ただ今のところ、幸千代の身辺を護《まも》っているのは甲府勤番の者どもばかり。才覚、性根とも、まったく頼りない。頼りになるどころか、いないほうがマシな連中ばかりであった。

＊

大井御前は廊下を渡って別棟に向かった。

老中の下屋敷は広い。家臣たちが暮らす屋敷がある。足軽《あしがる》、中間《ちゅうげん》の長屋もある。ひとつの町と言ってもよい。

大井御前は今、本多出雲守の下屋敷に仮住まいしている。出雲守の保護下に置かれているのだ。

貸し与えられた建物の座敷に入る。勤番の武士たちが二十人ばかり居並んでいた。大井御前が入っていくと一斉に平伏した。

南町奉行所によって捕らえられ、本多出雲守の裏工作で解き放たれた者たちだった。

大井御前は堂々と正面に進んで座る。一同を険しい目で睨《にら》みつけた。

平伏した男の一人、最前列にいた男が面《おもて》をあげた。眉間に目立つ黒子《ほくろ》がある。

「こたびの不始末、面目次第もございませぬ」

「坂内《ばんない》殿ッ」

大井御前が怒りをぶつける。

「なにゆえ勝手な振る舞いに及んだか、お答えなさいッ」

坂内はふてぶてしい顔つきで答えた。

「幸千代君の江戸入りの、ご無事を図るためにございました。空駕籠《からかご》の大名行列を囮《おとり》として練り歩かせ、刺客の目を惹き付けんとする策。駕籠は暇な町人に担がせました。悪ふざけに興じる愚かな町人が江戸には数多《あまた》おりまするゆえ」

「ならば、なにゆえ雇った町人を斬ったのか。質屋の直次郎なる放蕩者《ほうとうもの》を斬ったのは、そなたでありましょう！」

「不運にも町奉行所の役人に見咎められましてございまする。放っておけば大目付役所に注進が及び、幸千代君のご面目を損なう大事ともなりかねませぬ。ゆえに、口封じをせねばならぬ、と心得まして、事情を知る放蕩者どもを斬り捨てましてございまする」

「仙蔵なる者を殺し、亥太郎なる者を襲ったのも、そなたですか」

「いかにも、我らで仕《つかまつ》りました」

「なんたることを、してくれたのか！」

「彼奴《きやつ》めらは働きもせぬ遊び人、人の世を蝕《むしば》む害虫でござる。斬ったところでなんの痛痒《つうよう》がございましょう。お気に召されるな」

「正気で申しておるのですかッ。人の言葉とも思えませぬぞッ」

「忠義のためならば鬼ともなるのが武士であろうと心得まする」

大井御前の憤激が限度を超えた。

「腹を切れ！　と命じたきところなれど切腹も許さぬ。逼塞《ひっそく》しておれ！」

坂内才蔵《さいぞう》は不貞腐《ふてくさ》れた顔をした。白い目で大井御前を睨んでいたが、渋々といった顔つきで平伏した。

＊

「くそっ、面白くねぇ！」

坂内才蔵は毒づきながら江戸の町中を歩いている。

口には楊枝《ようじ》を咥《くわ》えていた。悪酔いしている。全身から安酒の臭いを立ち上らせていた。

逼塞していろ、と命じられて、おとなしく謹慎するような男ではない。本多家下屋敷の長屋（幸千代に仕える者たちが宿舎としている）を抜け出すと江戸の町中に繰り出した。

ムシャクシャしてどうしようもない。

「忠義でやったことじゃねぇか。俺の忠節も汲み取らず、頭ごなしに怒鳴りつけやがって！　若君様の傅役だか知らねぇが、旗本の俺を怒鳴りつけることがあるかッ」

ブツブツと呟《つぶや》きながら千鳥足で進む。町人は怖がって道を空けた。

「畜生ッ、飲み直しだ！」

一膳飯屋の縄暖簾《なわのれん》を見つけて進んでいく。汚らしい店だ。

才蔵の懐は寂しい。安酒にしかありつくことが叶《かな》わない。

斬り捨てた放蕩者たちの顔が脳裏を過《よぎ》る。

「あいつら、町人の分際で、やりたい放題に遊びやがって！」

日本の富のほとんどは町人が握っている。その金にものをいわせて町人たちは遊蕩三昧《ざんまい》だ。高級料亭に登楼《とうろう》し、美女を侍らせ、美酒を飲む。豪勢な遊びだ。才蔵は一度もやったことがない。

大名行列の賭けをして大金を払うと約束したのも嘘である。そんな金はどこにもない。

「俺たちゃ徳川の直参《じきさん》だぞ。天下の旗本八万騎だ。なんでこんな惨めな思いをしなくちゃならねぇんだよ！」

安酒が足腰に回る。縄暖簾にまで辿《たど》りつくことができず、才蔵は橋のたもとにへたり込んだ。

ガックリと首をうなだれて、そのまま少し居眠りをした。どのくらいの時間、眠っていたのだろうか。肩を揺さぶられて目を覚ました。

「なんだ、煩《うるさ》い。寝かせておけ！」

その男は小粋な町人の格好をしていた。才蔵の前にしゃがみ込んでいる。

「坂内才蔵様でございますね。ちょいとばかし、お話があるんですがね」

「誰だお前は。知らぬ者と話はできぬ」

「あっしは弥市《やいち》ってんで。話を聞いていただけたら、それだけでこいつを差し上げやすぜ」

懐から手拭いを摑《つか》みだした。手拭いをチラリと捲《めく》ると小判が一枚、覗《のぞ》けた。

黄金の輝きを目の当たりにして、才蔵の目は一瞬で覚めた。

「話を聞くだけで良いのか。話を聞き届ける、とは言っていないぞ」

「へい。話を聞いていただいて、それからどうなさるかは旦那のご勝手。ともあれ、話をしなくちゃ始まらねぇ。さぁ、こっちへおいでなせぇ」

男は路地に入っていく。才蔵は立ち上がった。

夕陽が沈もうとしている。路地の中はますます暗い。

坂内才蔵は古い神社の社《やしろ》の前まで案内された。階《きざはし》の下に立って社の扉を睨みつける。扉は開いているが、中は真っ暗だ。

「甲府勤番、坂内才蔵様ですな」

社の中で灯《ひ》がついた。黒い人影が浮かび上がる。人相を隠すため、顔の前に布を垂らしている。声はくぐもって聞こえた。

「そういう貴様は何者なのだ」

「江戸の繁栄に憎しみを抱く者――とだけ伝えておきましょう」

「勿体《もったい》をつけおって。拙者になんの用件だ」

「あなた様は幸千代君の警固を命じられ、甲斐から江戸までやってまいられた。幸千代君の日々の暮らしを見知ることのできる立場……。幸千代君に近づくこともできるはず」

弥市が文箱《ふばこ》を掲げて近づいてきて、坂内の前で蓋《ふた》を開けた。小判の包み金が二つ、入っていた。しめて五十両だ。

それをチラリと見てから、坂内は社の中の男の黒い影に問うた。

「拙者に何をさせる気か」

「幸千代君を殺していただきたい」

「なんじゃと」

「見事に幸千代君を仕留めたならば、褒美《ほうび》の金と、公儀での出世をお約束いたしましょう。いかなる御役に就きとうございまするか？　大番頭《おおばんがしら》？　町奉行？　お望みに任せまするぞ」

「馬鹿馬鹿しい。貴様などに公儀を動かす力があろうはずがない」

「次の将軍におなりになる御方が、あなた様に目を掛けてくださいます」

「どういう意味だ」

「幸千代君は、このままでは次の将軍となりまする。なってしまう。すると、将軍になれたかもしれない御親藩の当主様がたの思惑が外れる。幸千代君は邪魔なのです。この世から消えていなくなってほしいのでございます」

「幸千代君を殺せば、次の将軍に恩を売ることができる……ということか」

「ご賢察のとおり。ただ今のあなた様は甲府勤番の山流し。一生、出世は望めませぬ。されど、我らの話に乗りさえすれば江戸での出世は思うがまま。いかがでございましょう。悪い話ではなかろうと存ずるが」

坂内才蔵は小判を鷲摑《わしづか》みにして懐に入れた。

「よかろう。話に乗ったぞ。上役に怒鳴りつけられる人生など、もう真っ平だ」

社の中の謎の男は不気味な声で笑った。

「金はいくらでもございまする。我らよりの依頼があるまで遊んで暮らすがよろしゅうございます。お仲間を集めるのもよろしいかと。ただし、くれぐれも、内密を心がけてくださいましよ」

灯火が消えて、男の姿も消えた。

弥市もいつの間にか姿を消している。真っ暗な境内に、坂内は一人で取り残された。

＊

深夜になった。屋敷の庭に月光が差している。

庭木の陰に美鈴は一人で立っている。覆面をつけて面相を隠していた。月を見上げる。月光を受けた双眸《そうぼう》が涼やかに煌《きら》めいた。

覆面をつけたその姿は先日の騒動で卯之吉を助けた時と同じだ。

「卯之吉様……」

そう呟いた。卯之吉の面影を偲《しの》び、無言でたたずむ。

と、次の瞬間、美鈴は真横に跳んだ。何かが飛んでくる。ズカッと木の幹に突き刺さった。

それは棒手裏剣であった。障子がわずかに開いている。室内から投じられたのだとわかった。

障子が開く。男が出てきて濡れ縁に立つ。高級な白い絹地《きぬじ》の夜着《やぎ》を纏《まと》っている。

先の将軍の隠し子、幸千代であった。美鈴を見て不敵に笑った。

「戸隠《とがくし》忍者の手裏剣じゃ。よくぞ避《よ》けたな。褒めてやるぞ」

美鈴は幹に刺さった手裏剣を抜くと、男の前まで歩んでいって濡れ縁の下で跪《ひざまず》き、恭《うやうや》しく手裏剣を差し出した。

「わたくしにこのような物を投げつける悪戯《いたずら》はおやめくださいませ」

「お前だけじゃない。宿直《とのい》を命じられた者に投げておる。腕試しじゃ」

「ご家来衆がお怪我をなさったらどうなさいます」

幸千代は手裏剣を受け取った。

「案ずるな。『この者ではとうてい避けられそうにないな』と見て取ったならば投げつけぬ。そなたならきっと避けるであろうと思うたから投げたのだ」

褒めているつもりなのか、なんなのか、よくわからない。

幸千代は濡れ縁に座った。空を見上げる。

「良い月だな」

美鈴は訊《き》いた。

「眠れぬのでございますか」

「眠くない。当たり前だろう。狭い屋敷に閉じ込められて、ろくに身体を動かすことも許されぬ。身体が疲れておらぬのだから眠気を催すはずもない」

幸千代は美鈴に目を向けた。

「覆面では話がしづらい。覆面を取れ」

美鈴は覆面を外した。その顔を幸千代は見つめた。

「そなたは美しい顔をしておるのう」

いきなり言われても、なんと返事したら良いものやら、わからない。

「なんじゃ？　生まれて初めて〝美しい〟と言われた──という顔をしておるな。そなたは八巻とか申す者の家に仕えているのであったな。八巻は、そなたを美しいとは言わぬのか」

「言われたことがございませぬ」

膨《ふく》れっ面《つら》になって答えると、幸千代は笑った。

「八巻は褒めぬのか。家来を褒めることこそが主君の仕事であろうに。気の利かぬ男なのだな」

美鈴は大きく何度も頷《うなず》いた。

「まったく気の利かぬ男子《おのこ》にございまする」

「それはいかんな。このわしは亡き父より『家来は良く褒めて使え』と教えを受けた。働きぶりであれ、容貌であれ、褒められれば人は気持ちよく働ける」

「まったくでございます。それにひきかえ、ウチの旦那様ときたら！」

「八巻の下で働くのが不服であるなら、いつでもわしのもとに来い。間もなく甲斐国よりわしの許嫁《いいなずけ》が来る」

「……お姫様にございまするか？」

「いかにも姫じゃ。そなたは姫の身を守る。奥向きに男の宿直をつけることはできぬ。女武芸者が必要じゃ。それゆえお前が選ばれたのだ」

自分がここに呼ばれた理由《わけ》を知り、美鈴は無言になってしまう。その顔を幸千代が見ている。

「八巻のもとに帰りたいのか」

「帰りとうございます」

「正直なヤツめ。案ずるな。わしと姫の両名が甲斐に戻るか、江戸城に上がるかすれば、そなたの役目は終わりだ。八巻の屋敷に戻れようぞ」

美鈴には、詳しい事情がわからない。代わりに別のことを訊いた。

「その姫様は、お美しゅうございまするか」

「美しくはないいな。瓜坊《うりぼう》のような顔をしておる」

「瓜坊?」

「知らんのか。猪《いのしし》の子じゃ。……甲斐では、猪など、そこいらじゅうを走り回っておるのだが、江戸では見掛けぬのであろうなぁ」

「猪の子は、可愛げがないのでございますか」

「いや。ココロコロとしておって可愛いぞ」

「可愛いのですか」

姫様もそういう顔つきなのだろう。幸千代は、ますます目が冴えてきた様子だ。

「八巻は、面白そうな男じゃな」

「あなた様にお顔が良く似ております」

「わしに似ておるじゃと？」

幸千代は自分の顔の輪郭を指でなぞった。

「それほどまでに見目《みめ》良き男なのか」

「そういうことをご自分で仰《おっしゃ》いますか……」

「町奉行所の同心を務めておるのであったな。ふむ。同心とはなんだ。話して聞かせよ」

美鈴は同心について、卯之吉について、語って聞かせた。

幸千代は「ふんふん」と興味をそそられた顔つきで聞いている。

「なるほど面白い。同心も面白いが、江戸の町人の暮らしも面白そうだ」

幸千代は「よし！」と言って立ち上がった。

「わしは決めた。今、決めたぞ」

「なにを、でございましょう」

「わしはこの退屈な屋敷を抜け出す！　町人の暮らしを我が目で見たい。塀を乗り越えて外に出るぞ。手伝え！」

「えっ？　あの……」

幸千代は座敷の中に取って返すと小袖に着替え、帯を巻きながら戻ってきた。

「わしは、見たい、やりたい、と思ったならば居ても立ってもいられなくなる性分なのだ。甲斐におった時も毎日のように屋敷を抜け出しては、傅役にこっぴどく叱られた。なぁに叱られたとて構うものか。なにがなんでも抜け出すぞ」

美鈴は首を傾《かし》げた。

「そういうところも、卯之吉様に似ておわしまする」

「抜け出すのに都合の良い場所は調べてある。裏庭の松だ。あ、刀を忘れた」

刀を取りに戻る。沓脱《くつぬ》ぎ石《いし》に揃えてあった雪駄《せった》をつっかけると裏庭へと向かった。美鈴も慌てて後を追う。

塀際に松が生えている。幸千代はスルスルと登ると、枝を伝って築地塀《ついじべい》の上に飛び移った。

「ほら、摑め」

塀の上から美鈴に向かって手を差し出す。

美鈴は、自分で木を登って塀の上に移る。それから若君に苦言を呈した。

「軽々しく女人に手を差し伸べてはなりませぬ」

「家来じゃと思うたからこそ差し伸べたのじゃ」

幸千代は塀の外側に飛び下りた。

「そなたを女人などとは思うておらぬ」

（その物言いは、もっといけませぬ！）

美鈴は心の中で文句を言いながら、後を追って飛び下りた。

二人は闇の中を駆けていく。

二

翌朝――といっても朝四ツ（午前十時）を過ぎた時刻だが、卯之吉が寝ぼけ眼《まなこ》を擦《こす》りながら南町奉行所の門をくぐろうとすると、

「そこを退《ど》かぬかッ！」

内与力の沢田彦太郎が飛びだしてきた。あわや激突しそうになる。卯之吉はストンとその場に尻餅《しりもち》をついた。

沢田は走り去っていく。卯之吉は後ろ姿を見送った。

「なんだろうねぇ。泡を食って走ったりして。町奉行所の内与力様なのに、外聞《がいぶん》が悪いですねぇ」

「町奉行所の御門前で尻餅をついているほうが外聞悪いでげす。さぁ立つでげすよ」

銀八は卯之吉を立ち上がらせた。卯之吉は涼しい顔つきで門をくぐった。

沢田彦太郎は本多出雲守の下屋敷に駆け込んだ。

本多家の家臣が応対に出てきて書院へ案内する。本多出雲守は先に書院に座っていた。

「おう、来たか。入れ」

沢田を手招きして座らせると、同じ書院内にいた老女を紹介した。

「幸千代君を育てた傅役の大井御前じゃ」

沢田は「ははっ」と平伏した。

「南町奉行所、内与力の沢田彦太郎にございます」

名乗ると大井御前は「おおっ」と叫んで膝でにじり寄ってきた。

「町奉行所の御方か！　頼みいるッ、若君様を捜し出してくだされ！」

いきなりでわけがわからない。沢田は本多出雲守に目を向けた。出雲守は苦々しげな顔をした。

「捜し出す、とは……？」

「若君がお姿を晦《くら》ましなされた。屋敷を抜け出したのだ」

「なんと！　いずこへお行きなされたのでしょうか」

「行き先がわかっておるなら〝姿を晦ました〟とは言わぬ！」

出雲守の機嫌は悪い。続いて大井御前が答える。

「江戸市中のどこかに隠れておわすはずじゃ。江戸を離れて旅ができるほどの金子《きんす》をお持ちではない」

「曲者《くせもの》に連れ去られた、ということは考えられませぬか」

「考えられぬこともない、けれども、おそらくはご自身の意志で抜け出したのであろう。実を申せば、若君様が行方を晦ませるのはこれが初めてではないのじゃ。信濃におわした頃も、幾度となく御殿を抜け出されて……いつぞやなどは戸隠の行者《ぎょうじゃ》と一緒に山伏《やまぶし》修行をしていたこともあった」

山伏たちは険しい岩山を渡り歩いて修行する。天狗や忍者と同一視されることもある。

「ご信心にございまするか？」

「信心深いから霊山に籠《こも》ったのではない。剣呑《けんのん》な山登りを面白がってのお振る舞いじゃ」

「破天荒なお人柄のようにございまするな」

本多出雲守が「沢田！」と厳しい声を発した。

「幸千代君を捜し出し、お連れいたせ」

「ははっ、ただちに手配いたしまする！」

「密かにやるのだぞ。この屋敷から幸千代君が逃げたことは、決して知られてはならぬ」

出雲守は怒っている。大井御前も渋柿を食ったような表情だ。

「この屋敷に上様の御検視役がお越しになられる。幸千代君の江戸入りを確かめにくるのじゃ。幸千代君がいない、などということになれば一大事。お供の者は皆で切腹。妾も胸を突いて果てる覚悟」

大井御前は目頭の涙を押さえている。

「我が命など惜しむものではない。妾が恐れるのは、若君様のご面目が潰れ、世間の笑いものになることじゃ！　前《さき》の上様に対し奉り、なんとお詫《わ》びを申しあげれば良いのかわからぬ」

出雲守の顔色も悪い。

「わしとてただでは済まぬぞ。老中を罷免《ひめん》、閉門蟄居《ちつきょ》。そうなったならば南町奉行所もただでは済まさぬ。わしと一緒に連座させてくれようからそう思え！」

沢田の顔も真っ青になった。

「ただちに手配をいたしまする！」

大井御前が身を乗り出した。

「人相書きを作らねばなりますまいな。町奉行所の与力や同心は幸千代君のお顔を知らぬ。それでは捜しようもございますまい」

「あっ、それは心配ご無用でござる」

「なにゆえ」

「南町奉行所には、幸千代君と瓜二つの者がおりましてな。その者に良く似た御方を捜せと命じればよろしゅうござるのだ」

本多出雲守が「あっ」と叫んだ。

「それじゃ！」

沢田は出雲守の顔を見た。

「なにが、『それじゃ』なのでございまするか」

「わからぬのかッ。替え玉じゃ！　彼《か》の者を、当座の影武者としてこの屋敷に住まわせれば良い！　上様御検視の目を欺《あざむ》くことができようぞ」

大井御前は驚きつつも喜んでいる。

「そのように、顔だちの似通った者がいるのですか」

「いる！　検視の目を誤魔化《ごまか》すぐらい造作《ぞうさ》もあるまい。このわしが請け合うぞ」

「それは天佑神助《てんゆうしんじょ》！　若君様のご面目が救われましょうぞ！」

沢田彦太郎は一人で焦っている。

「八巻をこの一件に嚙ませるのでございまするか？　それは、面倒の種が増えるだけではないかと……」

沢田彦太郎は卯之吉の上役。その人柄を身近で見て、よく知っている。

(それはいかん。絶対にいかんぞ)

とは思うのだが、老中と若君の傅役に対して面と向かって再考を願い出る度胸はない。

＊

雨が降っている。秋の天気は変わりやすい。昨日の秋晴れから、うってかわっての陰鬱《いんうつ》な雨であった。

地面に大きな水たまりができている。人通りの多い甲州街道だが、路面は柔らかくぬかるんでいた。荷車が通ると車輪で泥がえぐられて轍《わだち》を作る。そこへ雨水が流れ込んでくる。路面に何本もの細い筋ができていた。

一台の荷車が車軸を軋《きし》ませながらやってくる。荷台には箱が置かれ、莚《むしろ》が被《かぶ》せられ、荒縄でくくりつけられてあった。

男が二人がかりで荷車を引き、後からも二人が押す。笠と蓑《みの》をつけている。さらには警固の武士が一人ついている。五人のかぶった笠で大粒の雨が弾けていた。

荷車は四谷《よつや》の大木戸《おおきど》に入った。ここから先は江戸の府内だ。

そこへ一人の武士が歩み寄ってきた。目深《まぶか》に笠を被っている。いきなり、

「よい天気じゃな」

と語りかけてきた。

荷車を警固する武士は油断なく答える。

「甲斐国の話ならば、左様、よい天気であった」

「江戸と甲斐とで天気にさほどの違いはなかろうぞ」

それが合い言葉であったらしい。警固の武士は質《ただ》した。

「坂内才蔵とは貴公か」

「いかにも。そう言う其処許《そこもと》は猿喰六郎右衛門《さるばみろくろうえもん》殿だな」

「いかにも左様じゃ。江戸での警固を頼むぞ」

「心得ておる」

二人の武士は荷車の前後を守る形で歩きだした。車引きたちも無言で荷車を引いた。

坂内才蔵が笠の下から猿喰に目を向けた。

「四谷は坂が多い。しかもこの雨じゃ。坂道はぬかるんで滑りやすい。車力《しゃりき》を雇わねば、とうてい前へは進めぬぞ」

車力とは荷車を押したり、あるいは、勢い良く下りすぎないように踏ん張ったりする男たちのことだ。駄賃で雇われる。江戸中の坂には必ず車力がいたという。縄張りも決められていて、持ち場の坂で声を掛けられるのを待っていた。

人力で動く荷車にとって、坂道はそれほどの難所であったのだ。

しかし猿喰六郎右衛門は首を横に振った。

「ならぬ。我らが何を運んでおるのか、覚《さと》られてはならぬのだ」

「無茶だぞ」

「わしの指図《さしず》に従え」

きつく言われて坂内は「ふん」と顔を前に向けた。

荷車の車軸が軋んでいる。坂道で車が斜めに滑った。車引きたちが必死に踏ん張って堪《こら》える。車軸が不気味な音を立てた。そしてついに車軸が折れた。車輪の片方が外れてしまい、荷車は道の真ん中で斜めになって停まった。

「しまった！」

猿喰が舌打ちする。

「坂内、この辺りに車屋はないか」

車の製造や修理をする店を車屋という。坂内は（だから言わぬことではない）と思いつつも顔には出さずに答えた。

「街道筋だ。車屋ぐらいあるだろう」

そう言って走り出し、すぐに車屋の看板を見つけた。木製の車輪や車軸は壊れやすく、職人は街道筋のどこにでもいたのだ。

車引きたちはいったん積み荷を荷台から下ろした。それから苦労して壊れた車を店の土間に運び入れた。車屋の仕事場は納屋のような構造になっている。

車職人が新しい車軸の棒に鉋《かんな》をかけている。猿喰たちの荷車の車輪に合わせるためだ。

「お侍様方、何を運んでいなすったんだ？　折れた車軸だけじゃねぇ。車輪もずいぶん歪《ゆが》んでらぁ」

お喋《しゃべ》りな質《たち》であるらしい。

「よっぽど重たい物《もん》を運んどったに違《ちげ》ぇねぇぞ。車に無理させちゃなんねぇ。生きてるもんみたいに、大事に可愛がって使ってやらねぇとな」

坂内才蔵は何も答えず土間の三和土《たたき》に立っている。猿喰は苛立《いらだ》っていた。

「詮索《せんさく》無用。さっさと直せ」

「へいへい」

職人は車軸を通して車輪を嵌《は》めると、楔《くさび》を木槌《きづち》で打ち込んで締めた。

「さぁ、これでよかんべぇ」

荷車が元通りになる。猿喰は車引きたちを呼んだ。

「荷を積みこめ」

重い木箱を荷台に載せていく。気の良い職人が手を伸ばした。

「手伝ってやるべぇ」

持ち上げようとする。だがその木の箱は想像以上に重かった。しかも雨で濡れている。指が滑って三和土《たたき》に落ち、蓋が外れて開いてしまった。

「あっ、しくじった。勘弁しておくんなせえ……」

蓋を戻そうとした職人の手が止まる。両目が見開かれた。

箱の中には金塊《きんかい》が詰められてあった。薄暗い土間でも燦然《さんぜん》と輝きを放っていたのだ。

「な、なんなんですかえ、これは――」

瞬間、坂内才蔵の腰の刀が抜き放たれた。職人の首がスッパリと切られる。血飛沫《ちしぶき》があがり、職人はその場に倒れた。悲鳴をあげる暇もない。車引きたちが腰を抜かした。

猿喰も目を剝《む》く。

「なぜ斬ったッ？」

坂内才蔵は刀を鞘《さや》に戻した。

「見られてしまったのだ。殺して口を封じるより他にあるまい」

坂内は店の奥に上がって戸棚などを荒らし始めた。猿喰が問い詰める。

「なにをしておる」

「銭を奪うのだ。押し込み強盗の仕業に見せかけるためだ。急いで店を出ろ。役人が見回りに来る前に逃げねばならぬ」

猿喰は何も言い返しはせずに「急げ」と車引きたちに命じた。

荷車は表道に戻る。無惨な死体を残してその場から立ち去った。

三

「江戸の市中より八巻を見つけだせとは、いかなる御沙汰《さた》でございましょう」

南町奉行所の同心詰所。筆頭同心の村田が険しい面相で問い返した。沢田彦太郎が同心たちを集めて指図を出したのだ。その内容に同心たちは首を傾げている。村田は重ねて問い質す。

「ハチマキが、悪党どもに捕らえられたのでございますか」

「いや、そうではない。おそらくフラフラと出歩いておるはずだ」

卯之吉に似ているだけで本当は将軍家の若君だ、などとは言えない。沢田彦太郎は苦悩する。話の辻褄《つじつま》を合わせなければならない。

「そのぅ……八巻は熱病にかかっておってな、『わしは偉い若君様だ』などと思いこみ、譫言《うわごと》などを漏らしておるやもしれぬのだ。とにかくそういう次第であってな、すぐに見つけて連れてまいれ！」

言うだけ言うとボロが出ないうちに立ち去った。

尾上が「そりゃあ大変だ」と言った。

「すぐに医者の所に連れていかないと」

村田は険しい面相で立ち上がる。

「お前たちで捜せ。俺は忙しい」

そこへ一人の同心が駆け込んできた。

「四谷塩町《しおちょう》で殺しですッ。車屋の親仁《おやじ》が殺されましたッ」

「なにっ」

村田は目を剝いた。

＊

車職人の死体は町役人《ちようやくにん》（町内の自治会長のような立場の人物）によって発見された。すぐさま町奉行所に報せが走る。一刻（二時間）も経たずに同心たちが駆けつけてきた。

雨は止んだが、まだ土間は濡れている。

玉木が戸棚を調べている。引き出しは開けられたままで、仕舞われていた物が散乱している。物色された形跡が明らかだ。

「銭入れの中が空っぽだ。財布もないぞ」

一方、尾上は死体を検《あらた》めている。

「左横から首筋に一太刀だ。スッパリと切ってやがる。ケチな盗っ人やヤクザ者の仕業じゃないな。剣術達者の侍による太刀筋だぞ」

尾上はさらに死体の着物の裾を捲って渋い顔をした。

「骸《むくろ》を調べるのは八巻が得意なんだけどなぁ。あいつ、どこへ行っちまったんだろうなぁ、まったく」

筆頭同心の村田が入ってきた。

「馬鹿野郎ッ、先達《せんだつ》が新入りをあてにしてどうするッ」

先達とは先輩のことだ。お叱りを食らった尾上はその場でピーンと直立する。

村田は玉木にも険しい顔を向けた。

「そっちはどうだ。なにか見つかったか」

「ハハッ。ここは四谷。店の前には甲州街道が延びております。食い詰めた牢人が金子《きんす》に困って空き巣に入ったところを車職人に見つかってしまい、騒がれねぇように殺したのではないかと……」

「そうと決めつけるのはまだ早いぜ」

村田は店の隅々に鋭い目を向けた。

「おい、これはなんだ」

折れた棒を拾い上げる。壁際に捨てられてあった。尾上が覗《のぞ》き込んで答える。

「車軸でしょう。車軸の折れた荷車の修理を頼まれたんでしょうね。ほら、折れた車軸が何本もまとめて置かれてますよ」

「この車軸だけが湿っているぜ。他のはみんな乾いているのに、だ」

「本当だ」

「雨が降りだしたのは今朝からだ。昨日までは秋晴れだった。ということは、この車軸は今日、雨の中で折れて、ここに持ち込まれたのに違ぇねぇ」

いつもは卯之吉に良いところを全部持っていかれている村田だが、眼力は鋭い。本当は彼こそが南町奉行所一の同心なのだ。

村田は土間の地面に目を向けた。下を向いて凝視しながら外の通りに出た。

「おい、お前《め》ぇら、来い」

同心二人は「ははっ」と答えて外に出る。まだ雨が降っている。路面は濡れてぬかるんでいた。

「この轍を見ろ。まだ新しい」

村田が車輪の跡を指差した。二枚の車輪が刻んだ二本の筋が、水たまりとなって延びている。

「ずいぶんと深い轍だぜ。他の荷車が刻んだ轍と見比べてみろ」

尾上は、

「ほんとだ。深さがぜんぜん違いますね」

と言った。

「よっぽど重たい物を積んでたんでしょうねぇ」

「もっとよぅく見やがれ。この轍は店の中から出てきている。ここで東に曲がって江戸の町中に向かったんだ」

「下手人と関わりがあるんでしょうか」

「まだなんとも言えねぇ。だがこれは間違いなく、殺された職人が最後に直した車の轍だ。関わりがあるかもわからねぇ。尾上、轍を追うぞ。他の荷車に踏み消される前に荷車に追いつくんだ」

それから玉木にも指図する。

「お前ぇは甲州街道の聞き込みだ。やたらと荷の重そうな車が通らなかったか聞いて回れ。番屋の者や、坂の車力が、何かを見ているかもわからねぇ」

「はいっ」

かくして同心三人は走り出した。

*

「あたしは、あそこに座っていればいいんですかね？」

本多出雲守の下屋敷。御殿の書院に卯之吉が座るための場所が用意されてあった。

金箔《きんぱく》が張られた床ノ間の前で、一段高く畳が上げられてある。

「お大名様がお座りになるような場所ですよ？　それに、このお着物だって」

金銀の縫箔《ぬいはく》や刺繍《ししゅう》で飾られた豪華な羽織だ。袴《はかま》も同様。卯之吉の全身が金銀キラキラに輝いている。

卯之吉は本多出雲守と沢田彦太郎に連れられてここに来た。出雲守に目を向けた。

「よろしいんですかね？」

と確かめた。出雲守は渋い表情で頷いた。

「かまわぬ。これにはわけがある」

「どのようなわけが？」

「それは言えぬ。これより何人かがお前の顔を見るためにやってくる。その者たちにその姿を見せつけてやれば良いのだ」

卯之吉はちょっと考えてから、ニヤーッと笑った。

「ははぁ。悪戯ですね。出雲守様もお人が悪い」

「な、なんのことじゃ」

「商人《あきんど》の手前にお大名の格好をさせて人を騙して、騙されたお人を笑い物にしようってぇ魂胆でしょう？」

あろうが！」

「質の悪い放蕩者のような悪戯を誰がするか。それにお前は商人ではなく同心で

沢田が「まぁまぁ」と出雲守を宥《なだ》める。耳元で囁《ささや》いた。

「道理を言い聞かせても八巻は聞き入れませぬ。これは余興だ、ということにし

ておけば、あの者は熱心に励みますので……」

「わしは頭が痛くなってきたぞ」

「拙者はこれが毎日のことでございます」

卯之吉は床ノ間の前に座ると脇息《きようそく》を引き寄せたり、天井を眺めたりしている。

本多出雲守は沢田に命じる。

「わしは大井御前を呼んでくる。八巻がこの場から動かぬように見張っておれ」

大井御前が、こっそりと足音を忍ばせてやってきた。外から書院窓を開けて中

の様子を覗き込む。御座所《ござしよ》に座る卯之吉を見た。

「……あれは！　まさしく幸千代君！」

目を見開き、つづいてホロホロと大粒の涙を流し始めた。

「なんと立派なお姿……。前《さき》の上様のお若い頃に瓜二つ。昔のことが思い出され

「しっかりせい。どうじゃ、替え玉は務まりそうか」

「若君様がそこにおわすとしか思えませぬ。お傍近くに長年仕えた妾ですら、見分けがつきかねまする」

「上様御検視の目を欺くことができような」

本多出雲守は忙《せわ》しなく、表御殿に戻っていく。


御座所では卯之吉が早くも退屈しはじめていた。そわそわと落ち着きがない。下座《しもざ》に端座した沢田が険しい顔をした。

「じっとして座っておれぬのか」

「だって、飽きちゃいましたよ。いつまでここに座っていなくちゃいけないんですかえ」

幸千代を見つけて連れ戻すまでだ。だが、いつまでかかるか明言できない。

「出雲守様のご下命《かめい》だぞ」

そう言えば畏《おそ》れ入るかと思ったのだが、卯之吉はそんな殊勝な男ではない。

「今夜、吉原で遊ぶ約束があるんですよ。いつまでも出雲守様の遊びにつきあっていられないんですよねぇ」

「なんて事を言いだすのだお前は！」

沢田はいろいろな意味で驚き呆《あき》れた。

沢田は立ち上がった。卯之吉に念を押す。

「そこにおれよ。どこにも行くなよ」

出雲守の許に走って相談する。

「八巻は、きっとお屋敷を抜け出してしまいまする！　ヤツを好んで留まり置かせるような策を巡らせねばなりませぬ！」


書院に書物が山と運び込まれた。他にも珍奇な品々が並べられる。

卯之吉は書物の一冊を手に取って捲り、「ヒョーオッ」と珍妙な声を上げた。

「これは！　古河《こが》で行われた腑分《ふわ》けの記録！」

腑分けとは人体を解剖することをいう。蘭方《らんぽう》医術を発展させるために行われた。殿様自身が蘭学に理解がなければ死体の解剖は許可されない。つまりほとんど許可されないので、腑分けの記録は極めて貴重であった。

丁《ページ》を捲ると緻密に描き写された内臓図や、輪切りにされた脳の図などが出てくる。卯之吉は食い入るように見つめている。横で見ている出雲守と沢田は気持ち悪くなって顔を背けた。

書院の下座に三人の学者が正座している。そのうちの一人が平伏して名乗った。

「蘭方医師、松永雪斎《まつながせっさい》にございまする。蘭方医術につきまして御進講申し上げまする」

卯之吉のことを将軍家の若君だと信じ込まされている。

次に卯之吉は書院に置かれた品々に関心を示して駆け寄った。

「これは、象限儀《しょうげんぎ》！」

別の学者が平伏して答える。

「天体観測の道具にございまする」

「日本にも三つしかないと聞いているよ。昨年、長崎に持ち込まれたとか」

「さすがは若君様。お耳が早くていらっしゃる」

「あたしも見たのは初めてなのさ。使い方を教えてもらえるのかね」

「慎んで御進講申し上げまする」

「嬉しいねぇ」

卯之吉は爛々《らんらん》と目を輝かせ、書院に置かれたいくつもの道具や機械の、名と機能を質した。三人の学者がそれぞれ答える。

一通り見終えた後で松永雪斎が学者三人を代表して言上した。

「明日より、御進講を始めさせていただきまする」

卯之吉はブンブンと首を横に振った。

「明日からなんてまどろっこしい。今すぐに始めておくれな！」

学者三人は顔を見合わせ、それから頷きあった。松永が答える。

「なんと向学心の厚き若君様。末頼もしゅうございまする。心得ました。我ら三人、ただ今より、持てる知識のすべてを御進講申しあげまする！」

卯之吉の前に机が運ばれる。卯之吉は学者の御説を聞き取ると筆を取って帳面に熱心に書き取っていく。

その様子を書院窓の外から、本多出雲守と沢田彦太郎が覗いていた。

「沢田の策、首尾よく運んだようじゃな」

「かの者は、おのれのやりたい事をしておる時に限っては、梃《てこ》でも動きませぬ。これでしばらくは安心でございます」

「むむ。面倒な気性じゃな。だがこれで検視の目も欺けよう。〝学問好きの若君様〟で押し通せばよい。沢田！」

「ははっ」

「この時を無駄にいたすな。本物の幸千代君を見つけ出すのじゃ！」

沢田は平身低頭した。

その横では大井御前が目頭を袖で押さえている。

「まことの幸千代君が、あのように勉学熱心であったならばどんなに嬉しいことか。妾はいつ、どこで若君様の育て方を誤ってしまったのでしょう……」

「若君様が、もしも八巻のような気性であったならば、そこもとの苦労はもっと増えるぞ」

出雲守は慰めにもならぬことを言った。

＊

銀八は江戸の町を一人で、せかせかと歩いている。

「困ったでげす……。若旦那はいったいどこへ行っちまったんでげすかねぇ」

今朝、卯之吉と一緒に南町奉行所に入った。同心が出てくるまで小者《こもの》は草履《ぞうり》を預かって、門の横の小屋で待つ。

しかし卯之吉はいつまで待っても出てこない。心配になって別の同心に訊ねると『沢田様に連れられてどこかへ行った』と教えられた。台所口からこっそりと外へ出たらしい。

「若旦那は糸の切れた凧《たこ》のようなお人。一人ではお屋敷にも帰ってこれねぇお人でげす」

町奉行所の同心が江戸の市中で遭難してしまう。洒落《しやれ》にもならない。

八丁堀の役宅にも帰っていない。代わりに荒海ノ三右衛門が来ていた。

「これは親分、いいところでお目にかかったでげす！」

「どうしたんだよ、血相を変えやがって」

「若旦那が居なくなっちまったんでげす！」

銀八は事情を説明した。三右衛門は「おう！」と声を上げた。

「沢田様のご密命を受けての隠密《おんみつ》働きか！　旦那は神出鬼没の凄腕《すごうで》同心。江戸の悪党を捕らえるために走り回っていなさるのに違ぇねぇぞ」

卯之吉の活躍を頭の中で想像して、勝手に血湧き肉躍っている。

いや、そうじゃねぇでげすよ、と言いたかったのだが、口には出せない。荒海ノ三右衛門は卯之吉のことを切れ者の同心だと信じ込んでいる。

「とにかくでげす。若旦那を見つけてほしいでげす！」

「承知したァ！　任せとけィ」

三右衛門は土煙をあげて走り去った。

「あっしはどうしようか……。そうだ、美鈴様にも伝えておいたほうがいいでげすな」

美鈴が戻ってきてくれれば百人力だ。銀八は下谷《したや》通新町《とおりしんまち》にある溝口道場へと走った。里帰りをしていると、いまだに思い込んでいる。密命を受けて将軍家ご落胤《らくいん》の警固をしているとは思っていない。

四

ところが美鈴は本当に溝口道場にいた。

台所の板敷きでは幸千代がもりもりと飯を頬張っている。

「江戸の飯は美味《うま》い。そなたが炊く飯は美味いな！」

美鈴は困惑しながら若君様の食いっぷりを見ている。

食膳にのっているのは、江戸の庶民の感覚では、粗末な食材ばかりだ。

（この御方は、いつも、どんなものを食べているのだろう）

見た目こそ卯之吉にそっくりだが、食いっぷりはまったくの別人だ。
「おかわりじゃ」
椀を突き出す。美鈴は椀を受け取って、ご飯をよそった。
本多出雲守の屋敷を抜け出した幸千代であったが、宿のあてはまったくない。
「わしは山伏修行をしたこともある。雨さえしのげればどこででも眠れる」など
と豪語していたが、それでは美鈴が困る。木の虚《うろ》などで寝たことはない。そこで
仕方なく溝口道場へ連れてきたのだ。
「若君様。そろそろお屋敷に戻りませぬか」
幸千代はワシワシと飯を食っている。
「戻らぬ。窮屈な暮らしはウンザリだ。江戸見物を始めたばかりではないか。江
戸を隈《くま》なく見て回るまでは戻らぬぞ」
困ったことになってしまった。
(若君様がここにいるということを、文でお屋敷に報せるべきか)
しかしである。この若君、ほんの一瞬でも目を離すと勝手にどこかへ行ってし
まう。つききりで見張っていなければならない。飛脚に文を託す暇《いとま》もないのだ。
その時であった。誰かが庭に踏み込んできた。

気配を察して美鈴はサッと身構えた。腰の横に置いてあった刀を摑む。

「誰です」

「ああ、そのお声は美鈴様。ようやくお目にかかれたでげす」

台所の戸を開けて銀八が入ってきた。そして板敷きに座った幸千代を見て、

「あーっ」

と叫んだ。

「若旦那！　ここにいなすったんでげすか。捜したでげすよ！」

幸千代は険しい表情で銀八を睨んでいたが、やがて「おう」と声を上げた。

「またお前か。よく会うものだな」

銀八も気づいた。

「あなた様は、うちの旦那によく似たお顔の別のお人！」

銀八は美鈴にも目を向けた。

「美鈴様もお間違えですか。そちらのお人は若旦那じゃござんせんよ」

「承知しています！」

最愛の人を見間違えるわけがないだろう。

「ところで今、卯之吉様を捜していたって言っていたけれど、どういうこと」

「あっ、そうなんでげす！　若旦那が居なくなっちまったんですよ」

銀八は今日の出来事を早口で告げた。

美鈴はたちまち激怒した。

「あなたがお供についていながら、どういう事ッ！」

銀八に摑みかかる。

「ぎゃあ！　首は絞めないでッ。く、苦しい……！」

取っ組み合いをする二人を見て、幸千代が激怒した。

「騒々しいッ。落ちついて飯が食えぬではないかッ」

＊

本多出雲守の下屋敷。出雲守が畳廊下を急ぎ足で歩いてきた。

一室に入る。八畳ほどの座敷に南町奉行所の内与力、沢田彦太郎が控えていた。

出雲守は沢田に告げた。

「間もなく将軍家の御検視がやってくる。大奥中﨟《ちゅうろう》の富士島じゃ」

将軍お気に入りの才女である。大奥では政《まつりごと》にも嘴《くちばし》を挟んでくる。つまり政治力を持っている、ということで、老中筆頭の出雲守ですら緊張の色を隠せなかった。

「八巻めは、きちんと書院に座らせていような」

沢田は「ははっ」と答える。

「彼の者の好みそうな人体解体図などを揃えておきましたゆえ、席を外しておることはなかろうと存じまする」

「万が一にも替え玉であることを覚られてはならぬ。相手は将軍の代人《だいにん》じゃ。八巻めが恐れ入って土下座でもしようものなら、たちまちにして嘘が露顕する」

「それならご心配には及びますまい」

「なぜそう言い切れる」

「八巻は、相手が将軍であろうとも、恐れ入って土下座するような男ではございませぬ。誰に対しても薄ボンヤリとしております。それがかえって大人物に見えてしまう理由でございまして」

「気安く申すな。そうそう首尾よく運ぶものか！　気が揉めてならぬわ」

出雲守は苛立たしそうに出ていった。その後ろ姿に向かって沢田はブックサと小声で文句を言う。

「三国屋からの賂《まいない》に目が眩《くら》み、『卯之吉を同心にせよ』と押しつけてきたのは出雲守様ではないか。卯之吉の本性が露顕せぬように誤魔化して回るわしの苦労、少しは思い知ればよいのだ！」

「何ぞ申したか」

出雲守がヌ〜ッと顔を出した。沢田は慌てて平伏した。

「出雲守様のご辛労《しんろう》、我が事のように思われてなりませぬ、と、申しあげておりました」

床ノ間の前の、一段高い壇上に卯之吉は座っている。壇の下には本多出雲守が控えていた。卯之吉から見て左側。襖を背にして座り、卯之吉には横顔を向けている。家臣の席だ。苦肉の策とはいえ、卯之吉を上座に立てねばならない。内心は忸怩《じくじ》たる思いであるに違いない。

卯之吉は平然としている。横に積まれた蘭書を手にして見入っていた。読み終えるまでは大人しくそこに座っているはずだ、という沢田の読みは当たっていた。

出雲守が横目でチラチラと卯之吉を見る。

「間もなく大奥の中﨟がやってくる。何を問われてもそのほうは重々しく頷いておれば良い。余計なことは一切口にするな！」

「あいあい」

卯之吉は夢中になると人の話を聞かない。いい加減な返事をした。

そうこうするうちに富士島がやってきた。廊下に控えた小姓が報せる。

「御中﨟富士島ノ局様、お渡りにございまする」

障子に影が映る。手文庫（書類などを入れる箱）を両手で掲げていた。書院に入ってきて卯之吉の正面に座った。手文庫は膝の脇に置く。

「幸千代君におかれましてはご機嫌麗しく、恐悦至極《きようえつしごく》に存じあげ奉りまする」

「ああ……うん」

卯之吉は、蘭書の内容が大変に興味深いところに差しかかっていたので、極めていい加減な返事をした。その態度がいかにも将軍家の御曹司らしく……見えないこともない。

「甲斐国からの旅路、さぞやお疲れにございましょう。お察し申し上げまする」

「いえいえ。ここに座らされていることのほうが、窮屈で疲れるよ」

出雲守が焦る。

「わ、若君様！　お口が過ぎまするぞ！」

富士島は艶冶《えんや》に微笑んだ。

「幸千代君におかれましては、御自由で御闊達《ごかったつ》な御気性と伺《うかが》っておりまする。江戸での御殿暮らしは、さぞ窮屈にございましょう。なれど、この暮らしにも慣れていただかねばなりませぬ。徳川家の弥栄《いやさか》のため。天下万民の安寧のためにございまする」

卯之吉は「うんうん」といい加減に過ぎる相槌を打った。

富士島は携えてきた手文庫を正面に置き直した。黒漆塗りで金銀の砂子《すなご》を散らした高価な品だ。

蓋を開ける。中には小判が詰まっていた。

「急な江戸入りで何かと物入りにございましょう。御用立てにお使いいただければ幸いにございまする」

生活に関わる着物も調度品も食器も、なにからなにまで将軍家の格式で整えなければならない。当然に金がかかる。その費用に使ってくれ、と言っているのだ。

「この金子は手前の蓄えより出たる金。公儀の御金蔵《ごきんぞう》より出た金ではございませぬので、ご返済には及びませせぬ」

などと言って、恩を着せることも忘れない。金を贈って歓心を買って、取り入っておこうとの魂胆に相違ない。

しかし卯之吉には、当然のように賄賂《わいろ》は通じない。（手文庫の中になにが入っているんだろう？）と思い、チラッと目を向けていたが、中身が小判だとわかると、たちまち関心を失くした。

「そういう物は、生家にあるから、いらないねぇ」

などと、とんでもないことを言い出した。卯之吉とすれば本音をそのまま言っただけだが出雲守はギョッとしている。『余計なことは申すなと言ったのに！』と、今にも叱りつけそうな顔つきだ。

富士島の表情も変わった。愛想笑いがスッと消えた。

「ご生家とは？　甲斐でお育ちになった御屋敷のことにございましょうか」

「いや、富士島殿。これは若君の軽口。悪ふざけにございましょう。ハハハ」

出雲守を無視して富士島は卯之吉に問いかける。

「聞くところによれば、ご生母様ともども大奥を追われた若君様は、甲斐国ではたいそう慎《つつ》ましい——有体《ありてい》に申せば困窮した暮らしをお送りだったとのこと。小判を見慣れているはずがなかろうと存じまするが、いかに」

「富士島殿、いささか口が過ぎるのではないか」

「甲斐国にはかつて、佐渡を凌駕《りようが》するほどの金山《きんざん》がございました。今でも隠し金山があり、密かに金が掘られているとの噂もございまする。加えまして武田信玄《たけだしんげん》の隠し財宝の噂も根強く流れて参りまする。よもや若君様は、それらの金のありかを御存知なのでは？」

「富士島！」

出雲守は堪《たま》り兼《か》ねて叫ぶ。富士島はニッコリと微笑んで見つめ返した。

「御公儀は、ただ今、金山の枯渇に悩まされておわしましょう。豪商たちの勝手な振る舞いを抑えきれぬのも小判の元たる金の産出が足りぬから――と、上様が仰せにございましたぞ。上様はお悩みにございまする。隠し金山や財宝があるのだとしたら、臣下として黙過《もつか》することはできぬはず。違いまするか出雲守様」

「若君様の御前に持ち出すに相応《ふさわ》しい話とは思われぬ！」

富士島は態度を改めて、卯之吉に向かって平伏した。

「この富士島、日頃より上様のお悩みぶりを身近で目にいたしておりまするゆえ、いささか取り乱しましてございまする。平《ひら》にご容赦を願い奉りまする」

卯之吉はノホホンと聞いている。

「ご苦労はお察ししますよ。でも、あたしに訊かれても困ります。あたしはただの――」

出雲守が急いで遮る。

「幸千代君は江戸にお入りになられたばかり。ご政道につきましては、ゆるゆると御進講を申しあげた後のことといたしたい！」

富士島も同意して、下がっていった。

足音が遠ざかるのを確かめてから、出雲守は大きなため息をついた。

卯之吉は御座所から下りる。

「今のお女中様、こちらを忘れていかれましたよ」

小判のつまった手文庫を持ち上げた。

「あたしが追いかけていって届けましょうか？」

「余計なことはせんでいい！」

出雲守は絶叫した。

*

三国屋の手代、喜七は徳右衛門の座敷に向かった。

徳右衛門は机を前にして座り、険しい面相をしていた。

喜七は濡れ縁に正座する。

「いかがなさいましたか旦那様。さては、瓦版の書かれようにご不満がございましたか」

「そんな話じゃないよ。なんだね今月の商いは。売り掛けが目に見えて減っているじゃないか」

大福帳を手早く捲る。

「先月、先々月に比べて、今月の商いの薄さはどういうことだい。商いをするほどに損を被《こうむ》っている」

喜七が答える。

「米価に比べて金《きん》の値が大きく下げておりまする」

「米の値上がり？　飢饉《ききん》かね。それとも大坂の米商人による買い占めか」

「不作の話は耳にしておりませぬし、いずこかの豪商、あるいはお大名が、米を買い占めている、という話もございませぬ。……旦那様」

喜七はズイッと膝を進めた。

「これは米価の値上がりではなく、金の値下がりでございます。銀との為替、銅との為替でも、金だけが一方的に値を下げております」

「変だね。お上が小判の改鋳《かいちゅう》でもせぬ限り、金の値が下がることなど、ありえないのだがねぇ」

金、すなわち小判は徳川幕府の基軸通貨だ。小判の価値が下がらぬように、幕府は細心の注意を払っている。金座の後藤《ごとう》家が、市中に流通する小判の質と量を管理していた。

「喜七や。今月の商いで、うちの蔵に入った小判を持っておいで」

「はい。ただ今」

喜七は去って、すぐに金箱を抱えて戻ってきた。座敷に置く。

徳右衛門は金箱から小判を摑みだした。机に並べる。小判を一枚一枚手に取って、近々と顔を寄せて見つめ、歯形がつくか確かめ、最後には鑢《やすり》を出してちょっと削り、金粉の臭いを嗅いだりもした。

険しい面相で思案していたが、突然に立ち上がる。

「金座の後藤様のところへ行ってくるよ。支度をなさい」

＊

銀八は本多出雲守の下屋敷に向かった。美鈴に頼まれて幸千代の隠れ場所を報せるためだ。

町人でも大名屋敷の台所までは入ることができる。裏門から敷地に踏み込んで裏庭を進んでいた時だった。なにやら素っ頓狂《すっとんきょう》な声が聞こえてきた。

「なるほどねぇ。こうやって高低の差を測るのかえ。よくできた仕組みだねぇ」

銀八は「あっ」と叫んだ。

「あのお声は、若旦那でげす！」

生け垣の向こうの裏庭に人影が見えた。

垜《あずち》（矢の的を並べる土壇）の上には、旗を手にした学者風の老人が立っている。卯之吉は旗を目当てにして何かの機械を覗き込んでいた。

「まぁた、蘭学に夢中になっているでげすか。こっちが心配しているとも知らず、いい気なもんでげす」

しかしまぁ、居場所が判明して良かった。

「若旦那ァ」

手を挙げて振る。と、たちまち、駆けつけてきた侍の集団に取り囲まれてしまった。襷《たすき》掛けをした物々しい姿。槍の穂先を突きつけてくる。

「何者だッ」

怒鳴りつけられ、銀八は震え上がった。

「あわわわ！　あっしは、あちらの御方に仕える小者でございますッ」

「幸千代君に仕えておるだと？」

「はるばる甲斐から旅をしてきたと申すか」

銀八にはなんのことやらわからない。しかし「違います」と答えると槍で串刺しにされそうなので、とりあえず何度も大きく頷いておいた。

騒ぎに気づいた卯之吉がこちらを見ている。

「おや。銀八じゃないか。こんな所まで押しかけてくるとは、お前もたいした忠義者だねぇ。何をしに来たんだい」

侍たちは顔を見合わせた。

「どうやら本当らしいぞ」

「この男、幇間《たいこもち》にしか見えぬが……、何故《なにゆえ》に若君様にお仕えしておるのか」

銀八は、

「と、とにかく、お通しいただくでげす」

侍たちの間を縫って槍の包囲から抜け出すと、卯之吉の許に駆け寄った。

卯之吉は学者たちも遠ざけて濡れ縁に座った。銀八はその前に跪《ひざまず》く。

銀八の話を聞かされた卯之吉は「ははぁ」と一人、納得したような顔をした。

「美鈴様とご一緒の御方が、本物の若君様だという話だね。このお屋敷を勝手に抜け出したので、このあたしが替え玉にされている、ってことかい」

銀八には事態が飲みこめていないのだが、

「さすがは若旦那! ご明察でげすな。日本一でげす!」

と、いいかげんに褒め上げた。

「とにかくでげすな若旦那。若君様の居場所を報せて、迎えに行ってもらいましょう。そうすりゃ若旦那のお役もご放免でげす」

「うーん、ちょっと待っておくれよ銀八。若君様がお戻りになられたら、あたしはこのお屋敷から追い出される。蘭学修業を始めたばかりなんだよ。若君様にはあとしばらく、好き勝手に出歩いておいてもらえないかねぇ」

「ええっ、なんてことを言うでげすか」

「頼むよ。若君様の居場所をこちらのお侍様がたに報せるのは待っておくれ。美鈴様にもそう伝えておいておくれな」

卯之吉は腰掛けていた濡れ縁からピョンと飛び下りた。学者たちのほうに走っていく。

「先生方！　お待たせしましたねぇ。さぁ、続きを始めましょう」

卯之吉がこの状態になったが最後、人の話はまったく聞き入れない。常識なんてものは最初からまったくない。銀八はそのことをよく知っている。

美鈴になんと言って報せるべきか。頭を抱えてしまった。

＊

菅笠《すげがさ》をかぶった幸千代が大道を闊歩《かっぽ》している。江戸市中の見物だ。

大勢の商人や職人、荷車が行き交っている。幸千代は片手で笠をちょっと上げた。

「まるで縁日じゃな。わしが育った甲斐国では、祭りでもなければ、かくも大勢で集まることはない。江戸はなにゆえこんなに大勢が集まるのか」

美鈴は世間知らずの若君様のために説明する。

「この江戸には上様がおわしまする。上様へのご奉公で日本中からお大名とご家来衆が集まります。お侍様がたの暮らしを支えるために、町人と職人も、大勢集まっているのでございます」

「なるほど左様か。上様のご威光、まことにたいしたものだな」

自分自身が将軍の弟だという自覚があるとも思えぬ顔つきだ。幸千代は通りを歩いていく。なかなかの早足だ。四つ角では気が向くままに道を選ぶ。人出が多いので見失わないようにするのが大変だった。

商家が並んだ繁華街を離れて、庶民の長屋が多く建つ町内に差しかかった。

「む？　なんだあれは」

幸千代の目が何かを捉えた。眼光も鋭いが視力も良い。

表道で男たちの三人が一人の少女を取り囲んでいる。少女の年齢は十歳ぐらいか。貧しげな町人娘であった。

幸千代はノシノシと歩み寄っていく。美鈴も急いで続いた。幸千代が質す。

「あの男どもは何だ」

「一人は番小屋の番太郎かと思われまする」

白木の棒を携えている。これは御用（公務）の最中であることを示す印であった。

「詮議《せんぎ》をしているようです。あの娘が何か悪事を働いたのでしょうか」

幸千代はさらに歩み寄っていく。若君ならではの気まぐれであろう。

「若君様、お関わりにならないほうがよろしいかと思います」

「なぜじゃ」

「上様の弟君が首を突っこんだりしたら話が面倒になりまする。話がこじれて幸千代様のご面目に傷がつくことにでもなれば――」

家臣たちが大勢切腹する。想像するだに恐ろしい。

幸千代はまったく話を聞いていない。男たちに向かって居丈高《いたけだか》に声を掛けた。

「そのほうども、そこで何をいたしておるかッ」

男三人が一斉にこちらを見た。一人は白髪頭をきれいに結った老人。一人は中年の商人。そして番太郎だ。

娘もこちらを見た。江戸の娘にしては珍しい汚らしさだ。銭湯が整備された江戸では、貧しい者でも身体を清潔にしている。

男三人は訝《いぶか》しそうに幸千代を見た。番太郎が笠の下から覗きあげて「あッ」と声をあげた。

「もしや、南町の八巻様では？」

番小屋で働く番太郎は同心の支配下《しはいした》（部下）だ。もっとも、同心は見回りをする町がそれぞれ決められているので、江戸中の番太郎が同心全員の顔を知っているわけではない。

「わしは――」

幸千代が何か答えようとしたので慌てて美鈴が答えた。

「南町の八巻様の、市中お見回りです」

嘘をつくことになるが「わしは将軍の弟じゃ」などと名乗られては困る。嘘をついたほうがずっと良い。

男三人は「お役目ご苦労さまにございます」と声を揃えて頭を下げた。少女だけがポカンと幸千代を見ている。老人が、

「お前も頭を下げるんだよ！」

そう言って少女の頭を押さえて低頭させた。

幸千代は「ふん」と鼻を鳴らした。

「して、そのほうらは、ここで何をしておったのか」

中年の商人が「へへっ」と遜《へりくだ》って答える。

「この娘が手前の店に小判を持ち込みまして……申し遅れました。手前は隣町で両替屋を営む商人にございます」

「両替屋に小判を持ち込んだ？　両替を所望してのことか」

江戸時代の日本では金貨と銀貨と銅貨が使われていた。買い物をする時に商店から「小判○両」と言われたら小判で支払いをする。「銀○匁《もんめ》」と言われたら丁銀などで支払いをする。「銭○文」と言われたら銅銭で支払いをするのだ。小判を持っているけれども銀貨や銅銭を持っていなかった場合、両替屋に行って換金をしてもらわなければならなかった。そういうわけで江戸中のいたるところに小さな両替屋があったのだ。

しかしである。両替屋に両替を頼むことの、なにがそんなに問題なのか、幸千代にはわからない。

両替屋はお喋りな質であるらしく、ペラペラとまくし立てる。

「小判一両といったら、銅銭の五千枚にもなりまする。子供が持ち込んできた小判を、おいそれとは両替できませぬ。しかもこんな汚い姿。小判を持っていることそのものが怪しゅうございましょう？」

銅銭の一文すら、持っていそうにない姿だ。

「もちろん手前もこれが商いでございますから、小判を持っている確かな事情があれば、喜んで換金いたします。おとっつぁんが仕事の御祝儀でお金持ちからポンともらった、ですとかね。ですから長屋の大家さんを連れておいで、と申したのでございます」

長屋の大家は身元保証人の役目も負っている。

白髪頭の老人が頭を下げた。

「手前が大家の久左衛門《きゅうざえもん》。この娘――名をお信《のぶ》と申しますが、この娘と父親《てておや》の暮らす長屋の差配をいたしております。……八巻様」

大家が声をひそめた。

「大家の手前にも、お信がなにゆえこんな大金を持っていたのか、さっぱりわからぬのでございます」

お信が叫んだ。

「おとっつぁんが置いていった！　おとっつぁんの小判だ！」

「嘘をお言い」

大家が険《けわ》しい面相になる。

「お前のお父《とう》は酒好きの博打好き。稼いだ銭はその晩のうちに使っちまう男だ。一両なんて大金を、使わずにいることができるもんか」

お信が泣きだした。美鈴は大家に質した。

「父親は何を生業《なりわい》としている男なのですか」

「飾り職人でございます。彫金《ちょうきん》の腕は良いんだが、酒癖と博打癖が悪くていけません。女房には逃げられ、娘には貧しい暮らしをさせて、それでも酒と博打がやめられないっていうんだから……」

「父親はどこにいるのです」

「さぁて、どこにいるのやら。どこかの賭場《とば》で、酒と博打に溺《おぼ》れてるんじゃないですかねぇ」

長屋の大家からも半ば見捨てられているようだ。よほどに駄目な人間なのに違いなかった。

番太郎が幸千代に向かって質す。

「八巻様、いかに取り計らいましょう」

幸千代はあっさりと答えた。

「両替してやればよかろう」

その場の全員が唖然《あぜん》とする。幸千代はお殿様育ちで世間知らずだ。

「この娘、銭がなければ飢え死にしよう。見殺しにするは忍びない。両替してやれ」

当然、両替屋は得心できない。

「されど八巻様。小判の出所がわからぬのでは……」

「父親が帰ってきたときに問い質せば良い。父親が小判の出所を答えられぬ時には、父娘揃えて町奉行所に突き出すがよかろう。父親が盗んだのか、娘が拾ったのか、町奉行所で詮議してくれよう」

この『町奉行所で詮議してくれよう』は、町奉行所が詮議してくれるはずだ、という意味で言ったのだが、一同は、このわしが詮議してやる、と言ったのだと理解した。

大家と両替屋は「おおせのとおりにいたしまする」と答えた。

「しからば、そのように取り計らえ」

幸千代は悠然と立ち去る。男三人と娘一人がその後ろ姿にむかって頭を下げた。

美鈴は（本当にこれで良かったのだろうか）と心配しながらも、急いで幸千代の後を追った。

　その様子を少し離れた路地から男たちが見ていた。

「ありゃあ南町の八巻ですぜ！」

　ギョロッと目を剝いた男が言った。関宿《せきやど》ノ金太《きんた》という二ツ名をとる悪党だ。背は低いがガッチリとした体格の、いかつい顔の男であった。

　その後ろには目の細い痩せた男がいる。赤林《あかばやし》という苗字の牢人者。銭さえもらえればどんな悪事でも請け負うと評判の無頼漢《ぶらいかん》だ。

「八巻だと？　笠を被って面相を見極めにくいが、間違いはないか」

「見間違えるもんじゃねぇですぜ。それにですぜ。一緒にいる若党《わかとう》は八巻の屋敷に仕えている奴だ」

　武士の格好をしている美鈴のことを若侍だと勘違いしている。

「八巻の家来がついて歩《ある》ってるんだから間違いなく八巻でさぁ」

「ふむ。しかしなにゆえここに？　お信を詮議しておったようだが」

　金太がたちまちにして震え上がった。

「それが八巻の恐ろしさだ！　野郎は千里眼ともよばれる眼力の持ち主ですぜ」

千里眼とは遠方の出来事を見通す超能力のことで、それほどまでに凄《すさ》まじい洞察力の持ち主だ、ということを意味している。

「我らのことを嗅ぎつけたというのか。そんな馬鹿な。どこで足がついたのだ」

「わからねぇ」

二人は固唾《かたず》を飲んで幸千代と美鈴の後ろ姿を見送った。遠くの角を曲がって見えなくなった。金太は「ふーっ」とため息をついた。

「八巻に嗅ぎつけられたのだとしたら一刻の猶予もねぇですぜ。あの小判を取り返さねぇといけねぇ」

「両替屋の手に渡ったようだな」

一部始終を見ている。赤林は腰の刀をポンと叩いた。

「今宵《こよい》、両替屋を襲うとするか」

「そうしていただけるとありがてぇ。あっしは悪党仲間を集めやす」

二人は身を翻《ひるがえ》して去った。

五

秋は祭りの季節である。江戸中のいたるところで例祭が行われていた。

幸千代は祭りを見かけると必ず立ち寄って、本殿の前で真摯《しんし》に祈った。卯之吉だと祭り囃子《ばやし》に浮かれてしまうが、この幸千代は敬虔《けいけん》であった。

お供の美鈴も、せっかくなので賽銭《さいせん》を投じて祈る。

(卯之吉様と結ばれますように)

などと、目をつぶってきつく念じた。

「御籤《みくじ》を引いてまいります」

美鈴は社務所に寄って、卯之吉との縁がうまくいくかどうか、祭神に祈りながら籤を引いた。おそるおそる広げる。

「……凶」

愕然《がくぜん》とする美鈴の後ろから幸千代が覗き込んでいる。そして「むふっ」と鼻先で笑った。

「いったいどんな祈願をしたのだ。凶とはまた、ずいぶんな御告げが出たものだな」

美鈴はムスーッと膨れた。境内《けいだい》に生えた木に走る。

御籤は、吉が出た時には大切に持って帰る。凶が出たなら境内の枝に結んで帰る。そうすれば凶運を祓《はら》うことができるとされていた。

賽銭をつけて祈ればなお良い。美鈴は御籤を細く捻《ねじ》って一文銭の穴に通した。そして枝にギューッ、ギューッと、力を籠めて固結びにした。

「これでよし！」

顔を上げて振り返り、「あっ……」と声を漏らした。

幸千代の姿が消えている。

「しまった！」

御籤の御祓いに夢中になって幸千代から目を離してしまった。もう、どこにも見当たらない。縁日の人出は凄まじい。美鈴はうろたえた。

「幸千代様ッ」

参道から出ていったのだろうか。美鈴は鳥居に向かって走った。

幸千代は奉納の大絵馬を眺めている。美鈴が走った参道とは別の方向へ、気の向くままに歩んでいった。

＊

日が暮れようとしている。

銀八は本多家下屋敷の門前に座り込んでいた。

「うちの若旦那は、どうなっちまうんでげすかねぇ。それとオイラも」

卯之吉の身も心配だし、自分の行く末も心配だ。売れっ子の幇間《ほうかん》（太鼓持ち）は旦那を何人も抱えているが、銀八を可愛がってくれる旦那は卯之吉だけである。

もうすぐ日が暮れる。暗くなればますます心細い。銀八はため息ばかりついていた。

耳門《じもん》が開いた。耳門とは正門の脇にある潜り戸のことだ。屋敷に仕える侍が顔を出した。

「銀八と申すは、お前のことか」

銀八は立ち上がってヘコヘコと幇間の物腰で低頭した。

「さいでげす」

侍はきわめて怪訝《けげん》そうな顔をした。将軍家ご落胤が、どういう理由で幇間を仕えさせているのか理解できない。それから言った。

「若君様がお呼びである。ついて参れ」

銀八は、

「へいへい畏《かしこ》まって候」

などと狂言役者の真似をして、いらぬ踊りまで添えて答えた。侍はますます呆れた。


「やぁ銀八、よくきてくれたね」

卯之吉は書院の壇上に座っていた。着ている羽織も袴も豪華なものだ。

「若旦那、これはまた素晴らしいお召し物でげす」

幇間の癖だ。まずは褒める。卯之吉は「うん」と頷いた。

「針子《はりこ》のあたしが見てもうっとりとなってしまうよ」

放蕩者の卯之吉はかつて、ほんの気まぐれでお針子修業をしていた。結局、長続きはしなかったが。

「今の若旦那はお針子じゃぁねぇでげすよ」

「そうだったねぇ。今はお殿様だ。あたし自身、自分が何者なのか、わからなくなるよ」

「ご心痛、お察し申しあげるでげす」

銀八は適当に話を合わせた。

卯之吉は立ち上がった。

「今からここを抜け出すよ。手を貸しておくれ」

銀八は仰天した。

「抜け出す……って、どういうわけで？　蘭学修業がお嫌になったんでげすか」

「蘭学修業はもっともっと続けるよ。抜け出すのは今夜だけさ。吉原で源さんと遊ぶ約束があったのを思い出したのさ」

「替え玉のお役目を放り出して遊びに行くんでげすか？」

露顕したなら打ち首もありえる。いったいどこまで遊びに命をかけているのか。

「だけど若旦那、そんな目立つお着物では吉原にゃあ行かれねぇでげす。木戸番に呼び止められるでげすよ」

「同心の装束があるよ。こちらのお屋敷につれてこられた時に着ていたからね。まずはそれに着替えて抜け出そう。吉原に行く前にもう一回、町人の着物に着替えればいい」

そんな面倒臭いことをしてまで吉原に行きたいのか。

しかし銀八としては、若旦那の言いつけに従うより他にない。卯之吉の着替えを手伝う。卯之吉は一人では帯を締めることもできない。

「ようし、行くよ。昼間のうちに、塀が低くなっているところを調べておいたからね」

幸千代と美鈴が脱走した際に使った、まさにその場所をよじ登って、二人は屋敷を抜け出した。

＊

源之丞は船宿の二階座敷で軽く一杯引っかけていた。これから猪牙舟《ちよきぶね》に乗って吉原に向かうのだが、卯之吉が来るまで酒を飲みながら待つのである。

船宿とは、船と船頭を斡旋《あつせん》する店のことだ。待ち合わせ場所として座敷を用意している。酒も出すし、逢引きの場として悪用されることもあった。

トントントンッと軽快に階段を昇る足音がした。銀八が顔を出した。

「お待たせいたしやした。表の道でうちの若旦那がお待ちにございます」

「なんだ。上がってくるように言えよ。軽く一杯やって、身体《からだ》があったまってから行こうじゃねぇか」

「今夜の旦那は同心様のお姿でして、その格好じゃあ、馴染《なじ》みの船宿にはあがれねぇんでげす」

源之丞は窓から下の通りを見た。同心姿の卯之吉が座敷を見上げて笑顔で手を振っていた。

源之丞と卯之吉は並んで夜道を歩いていく。

「同心の姿じゃあ吉原にも入れめぇ。どうするんだい」

「近くに三国屋の名で仕舞屋《しもたや》を借りてるのさ。着物もたくさん置いてある。着替えていくよ」

源之丞は呆れた。金持ちの金の使い方は理解できない。

卯之吉は同様の借家を江戸中に何軒も持っている。同心の装束から頻繁に着替えて遊びに出掛ける。そんな理由で世間からは〝神出鬼没の隠密同心〟〝江戸のどこで目を光らせているかわからない〟などとあらぬ誤解をされていた。

仕舞屋に向かって呑気《のんき》に歩いていた時だった。源之丞が異変に気づいた。

「なんだ、あの騒ぎは」

道の先の闇を睨んでいる。

卯之吉にはさっぱりわからない。

「なんだえ？　まぁ、どうだっていいじゃないか。恐いし。吉原へ急ごうよ」

これが本当に同心なのか。

源之丞は腰の刀を抜きやすいようにグッと差し直した。喧騒を目掛けて走っていく。卯之吉は細腕を伸ばして呼び止めようとした。

「源さん！　ああもう、勝手に走っていっちまうんだから。本当に手前勝手なお人だねぇ」

（若旦那より手前勝手なお人はいねぇでげす）

と、銀八は思ったのだけれども黙っていた。

「まぁ、喧嘩見物と洒落込むのも面白いね。銀八、行ってみようじゃないか」

卯之吉はヒョコヒョコと近づいていく。火事と喧嘩は江戸の華だ。

夜道は暗い。十分に歩み寄って、ようやく何事が起こっているのかが見えてきた。

銀八は仰天した。

「若旦那ッ、喧嘩なんかじゃねぇでげす！　盗っ人でげすよ！」

黒覆面に黒装束の曲者《くせもの》たちが、一軒の商家から、わらわらと外に出てきた。その数、十人ばかり。

源之丞が、よせばいいのに、曲者の行く手に両手を広げて立ちはだかる。

「悪党ども、どこへ行くッ。ここを通しはせぬぞ！」

曲者たちはギョッとなって足を止めた。刀の柄《つか》に手を掛けた。

銀八は頭を抱えた。

「源之丞様が、とんでもねぇことをしてくれたでげす！」

押し込み強盗との乱闘に巻き込まれる。銀八は泣き顔で振り返った。

「若旦那、どうするでげすか！」

卯之吉からはなんの返事もない。まったく身動きしない。

「もう気を失ってるでげす〜！」

源之丞が刀を抜いた。曲者が斬りかかる。源之丞は刀で受けとめて力任せに押し返した。

「うおりゃあッ」

突き飛ばし、相手の体勢が崩れたところにもう一撃をお見舞いする。打たれた曲者が悲鳴をあげて倒れた。

曲者たちは源之丞を取り囲む。源之丞は素早く左右を睨んで目で威圧し、敵を近づけさせまいとした。脇差しも抜いて二刀流となる。

曲者の一人が斬りかかる。源之丞は大太刀で受けておいてから脇差しで突いた。曲者は肩を刺され、呻《うめ》きながら後退した。

源之丞は二本の刀を振り回して戦う。

大乱闘だ。銀八は焦った。どうにかしなければいけない。しかし卯之吉は気を失っている。倒れないように銀八が背後から支えているから、どうにか立っていられるだけだ。

銀八は卯之吉の腰の十手を抜くと卯之吉の手に握らせた。卯之吉の腕を摑んで前に突き出させる。

「まるで文楽《ぶんらく》の操り人形みてぇでげす」

泣きたい気分になりながら曲者たちに向かって叫んだ。

「南町の八巻であるぞッ。者ども、神妙にいたせ！」

曲者たちには卯之吉が叫んだように聞こえただろう。

(若旦那は剣の達人だと勘違いをされてるでげす！　これで恐れ入って逃げてくれればいいでげす！)

などと思っていたら、いちばん恐ろしそうな牢人者がこちらに向かってきた。

赤林であるが、もちろん銀八はその名を知らない。赤林が叫んだ。

「貴様が八巻かッ。噂は聞いておる。腕前のほどを見せてもらうぞッ」

刀を上段に構えて迫ってきた。銀八は悲鳴をあげた。

「トォワーッ」

赤林が大声で威圧した。銀八は腰を抜かした。同時に卯之吉も倒れる。

赤林は「むむっ」と唸《うな》った。卯之吉を凝視する。

「……気を失っておる、だと？」

そこへ源之丞が割って入ってきた。

「俺が相手だ！」

赤林は跳《の》び退いて源之丞の刀を避けた。源之丞と卯之吉を交互に睨む。

「八巻は腰抜けの木偶《でく》の坊。そうか！　貴様が八巻の代わりに悪党を斬ってまわっておったのだな。〝剣客同心八巻〟のカラクリ、見破ったぞ！」

その時、夜空に甲高《かんだか》く呼子笛《よびこぶえ》の音が響きわたった。近くの番屋の者が異変に気づいて吹き鳴らしたのだ。

曲者の一人が赤林に言う。

「先生ッ、捕り方が来る！　ずらかるぞッ」

そう言うと源之丞の足元に撒き菱を投げた。赤林はニヤリと笑う。

「勝負は預ける！」

赤林は身を翻した。赤林を逃がすために曲者たちが手裏剣を投げる。源之丞は空中で打ち払った。撒き菱と手裏剣に邪魔をされ、それ以上は追うことができなかった。

銀八が卯之吉を揺さぶっている。卯之吉は目をパッチリと開けた。

「ん？ どうしてあたしはここに寝ているんだろう。何かあったのかえ」

まったく覚えていないらしい。

卯之吉と源之丞は、曲者たちに襲われていた商家に入った。店の主が奥から這《は》って出てきた。卯之吉を見るなり「八巻様！」と叫んだ。

「八巻様から両替のお指図を受けたあの小判を、奪い取られてしまいました！」

「えっ、なに？」

「飾り職人の娘が持ち込んできた、あの小判にございますよ！」

その件に関わったのは幸千代だ。卯之吉にはなんのことだかわからない。笑顔で首を傾げながらもいいかげんに話を合わせて、

「そうでしたか。ご災難でしたねぇ」

などと言った。

銀八も、なにやら変な話になっているな、と察した。場の空気がおかしくなった時に、その場を取り繕うのも幇間の仕事だ。両替屋に向かって言う。

「オイラは八巻の旦那の小者を務める銀八ってぇ者《もん》だが、オイラにもわかるように話しちゃくれねぇか」

「はい。今日の昼過ぎでございます。近くの長屋で暮らす娘が――」

両替屋の話を卯之吉まで「ふんふん」と頷きながら聞いている。

「その娘さんは、どうして小判を持っていたのですかねぇ？」

両替屋は（今さら何を言ってるんだ）という顔で卯之吉を見ている。卯之吉は薄笑いを浮かべながら言った。

「ともあれ、その娘さんから詳しく話を聞かなくちゃいけないですねぇ」

「お信の長屋までご案内しましょう」

両替屋と卯之吉は夜道に出ていく。源之丞が言う。

「おい、吉原には行かねぇのか」

銀八は首を横に振った。

「吉原に行くより捕り物のほうが〝面白い遊び〟だと思っていなさるんでげすよ、若旦那は」

卯之吉は貧しげな長屋に入った。行灯《あんどん》もない。銀八が提灯《ちょうちん》を差し出して室内を照らした。

「お前さんがお信ちゃんかい」

卯之吉はふんわりと優しい口調で訊ねた。お信は床板に布《し》かれた莚《むしろ》の上で正座して頭を下げる。この莚が布団の代わりでもあるようだ。これから冬になるというのに哀れである。

「お前さんが持っていた小判だけどね。今度は両替屋さんから盗み取られたよ。なにやらねぇ、あたしの目には、悪党が取り返しに来た──みたいに見えるんだけどねぇ」

両替屋がギクリとなる。

「どういうことです八巻様」

「ですからそれをこれから糺《ただ》そうとしているわけでしてね。お信ちゃん、あの小判は本当に、お前のおとっつぁんが置いていったんだね」

「本当でございます」

「その時、何かを言い残していかなかったかね？」

お信はコクッと頷いた。莫蓙《ござ》を捲って、下に隠してあった紙切れを取り出した。

「これを一緒に置いていきました」

卯之吉が受け取る。銀八が提灯を差し出したので書かれてある字が読めた。

「カレホネヨコテフ？」

銀八がハッとする。

「枯骨横町《かれぼねよこちょう》のことでげすよ。悪党や流れ者たちが巣くってるっていう、おっかねぇ場所でげす！」

「ふぅん。……お信ちゃんのおとっつぁんは、どうやら何かを報せたくて、小判と書き置きを残していったみたいだねぇ。枯骨横町とやらに行ってみる必要がありそうだ」

「本気で言ってるでげすか！　人斬りの浪人や悪党がウヨウヨしていて、うっかり踏み込んだが最後、生きては帰れねぇって評判の悪所《あくしょ》でげすよ」

「面白そうな所だね。ますます行きたい」

銀八は絶望している。源之丞は呆れている。両替屋は、

「さすがは八巻の旦那ですなぁ！　お噂通りの、てぇした同心様だぁ」

と感心しきりの様子であった。

＊

曲者たちは隠れ家に走り込んだ。表戸を閉めて外の気配に耳を澄ます。

「足音は聞こえねぇ。どうやら逃げきったようだ」

黒覆面の男たちが安堵《あんど》のため息を漏らした。

「まさか八巻に見張られていたとはなぁ」

「今度ばかりは年貢の納め時かと思ったぜ」

「無事に逃げきれたのは赤林先生のお陰ですぜ」

などと口々に言い合った。

頭目が覆面を取る。関宿ノ金太であった。赤林の側に歩み寄る。

「あっしからも礼を申しやすぜ。八巻に目をつけられていたのに無事で済んだんだ。信じられねぇことですぜ」

赤林は険しい面相で考え込んでいる。

「お前たち、そんなに八巻が恐ろしいか」

「そりゃあ恐ろしゅうございましょう？　なんたって八巻は剣の使い手だ。広い江戸でも五本の指に数えられようかっていう剣豪ですぜ」

赤林は金太を睨んだ。

「お前たちは、たいへんな思い違いをさせられておる」

「どういうことで？」

「わしは今宵、八巻と立ち合った。八巻は剣の使い手などではない。自分の足で立っていることすら覚束《おぼつか》ぬ、ひ弱な男だ！」

「そんな馬鹿な」

「お前たちは八巻の何を知っておる？　八巻には、従う者がおるはずだ」

「へい。荒海一家ってぇ侠客《きょうかく》が、子分みてぇに従っております」

「他には」

「水谷弥五郎ってぇ牢人者が八巻の屋敷に出入りしておりやす。それと、屋敷には若侍が奉公しているんだが、そいつも滅法強いらしいや」

美鈴のことである。

「それだ。そいつらこそがまことの剣の使い手なのだ。八巻はまったく剣など使えぬ。八巻の代わりに悪党どもを斬り捨てていたのは、そいつらだったのだ！」

「お言葉ですが、とうてい信じられねぇですぜ」

「信じられぬか。かまわぬ。わしの物言いが正しかったことを、わし自らが証明してくれよう。次に八巻に会った時、わしは八巻を斬る！　それを見ればお前たちも得心《とくしん》がゆくことであろう」

赤林は自分の刀を撫《な》でながら、不気味な笑い声をあげた。

六

深川の料理茶屋に、南町奉行所の内与力、沢田彦太郎が入ってきた。

座敷には三国屋徳右衛門と芸者の菊野が待っていた。沢田が上座の席に着くと、徳右衛門が平伏して挨拶する。

「お呼び立てして申し訳ございませぬ。どうあっても、沢田様に申しあげねばならぬことがございまして……」

沢田は内心ドキドキしている。動揺が顔に表われていた。

「卯之吉のことか」

徳右衛門に断りもなく幸千代の替え玉にした。そのことが露顕して憤激しているのか、と心配になったのだ。

「卯之吉が、なにか？」

沢田は徳右衛門の顔をジーッと見て、どうやらまだ露顕していないようだ、と理解した。

「立派に務めを果たしておるぞ。案ずることは何もない」

「左様でございますか。今宵のお話は卯之吉についてではございませぬ。まずはこちらをご覧くださいませ」

「なんじゃ？」

三方《さんぼう》が二つ置かれていた。それぞれに小判が一枚、のせられている。

「なんじゃ？　賂《まいない》か。二両とはケチくさい」

「そういうお話ではございませぬ。こちらはここ数年、ずっと手前の金蔵に納められておった小判にございます」

沢田の膝の前に三方を進める。沢田は小判を手に取って眺めた。

「いつ見ても、黄金《こがね》の輝きは良いものだな」

「そしてこちらは三日前、手前の店に、両替のために持ち込まれた小判でございます」

「それがどうした」

すると徳右衛門は笑顔のままで恐ろしい形相となった。

「こちらの小判は贋作《がんさく》にございます。精巧に作られた紛《まが》い物」

「なんじゃとッ？」

「金座の後藤様のお役所でも確かめていただきました。佐渡《さど》などの金山で採られた金は、江戸に運ばれ、金座で小判に作られます。後藤様の極印《ごくいん》が打たれて初めて一両の値打ちがつくのでございます」

小判には『後藤』という文字が打ち込まれている。金属でできた判子（のような物）を打ちつけて刻むのだ。

「贋《にせ》小判の極印は、良く似せてありまするが、よくよく見れば書体が歪んでおりまする。これこそが偽造の証拠」

沢田は二枚の小判を手に取って目を凝らした。

「よくわからん。お前にはわかるか」

菊野に小判を渡す。菊野は極印を凝視した。

「藤の字の、草冠の止めが違います。後の文字の、最後の払いも長いような」

「その通り」

徳右衛門が頷いた。

「沢田様。昨今の江戸では、小判の値が下がっております。何者かが贋小判を大量に持ち込んだか、あるいは江戸で贋の小判を作っておるのか、そのどちらかに相違ございませぬ」

「容易ならぬ話だな。お上の政道を揺るがしかねん」

「金の値が、銀の値に比べて下がり続けておりまする。言うまでもなく、公儀の屋台骨を支えているのは金」

徳川幕府は全国の金山を直轄《ちょつかつ》で支配している。徳川家が将軍として君臨できるのは、基軸通貨の小判の鋳造権《ちゆうぞうけん》を握っているからだ。

「小判の値が下がることとは、公儀のご威勢が下がることを意味いたしまする」

「あいわかった！　ただちに調べに取りかかろうぞ」

沢田は奮然として帰っていった。店先まで見送りに出ていた菊野が座敷に戻ってきた。徳右衛門に酌をする。

「それにしても……、さすがは三国屋様。こんな小さな違いを、よくぞお見抜きになられましたこと」

徳右衛門は杯を手にしてニヤリと笑う。

「そりゃあね。あたしも小判を商うようになって六十年だよ。毎日毎日、小判を手に取り、眺めてきたんだ」

「さすがのご眼力でございます」

「あたしにとって小判は赤子のようなものさ。毎日眺めて、愛《め》でて、撫で回してきた……」

なにやら口調と、言っていることが奇怪《あや》しい。

「可愛い可愛い赤ん坊の様子がいつもと違えば、たとえわずかな違いでも、すぐに変だと察するものだろう？　それと同じさ」

と言いながら、問題の小判をいとおしそうに撫でている。

菊野は引《ひ》き攣《つ》った表情で「え、ええ……」と頷いた。

＊

幸千代が一人、夕闇の中を歩いている。

町の一角に赤提灯が下がっていた。一膳飯屋だ。店の破《やぶ》れ障子ごしに灯が洩《も》れている。なにやら美味《うま》そうな匂いまで漂っていた。

月代《さかやき》も剃らない汚い身形《みなり》の男たちが出入りしている。腕には入れ墨（前科者の印）を入れている者もいた。派手な襦袢《じゅばん》を着崩した女郎もいる。町内のすべてが不逞《ふてい》無頼のたまり場だ。武士も町人も恐れて近寄らぬ場所であった。

しかし幸千代には世間の常識は通じない。

「腹が減ったぞ」

などと呟《つぶや》きながら剣呑な路地に踏み込んだ。道にたむろしているヤクザ者たちが睨みつけてきたが、まったく気にせず、飯屋の障子戸を開けた。

中に踏み込む。男たちのきつい体臭と安煙草の煙が充満していた。客の男たちが一斉に険しい目を向けてきた。

幸千代はまったく意に介さない。腰掛けに悠々と座った。汚い前掛けをつけた親仁がやってくる。

「お侍、ここがどこだか知ってて入ってきたのかえ。人呼んで枯骨横町。地獄の一丁目ですぜ」

堅気の料理人とは思えぬ面相だ。幸千代は親仁《おやじ》に命じた。

「腹が減った。食べる物をよこせ」

親仁の顔つきがますます険悪になった。

「銭は、持っていなさるんですかい。近頃の浪人はみんな素寒貧《すかんぴん》だ。先に銭を払ってもらわねぇと何も出せねぇよ」

「銭の持ち合わせは、ない」

「野郎ッ、最初から食い逃げしようって魂胆か！」

親仁が激昂する。それでも幸千代は涼しい顔だ。世間の常識がないので、なぜ銭を払わねばならないのか、なぜ親仁が怒っているのかがわからない。

「黙って飯を出せ」

人を食った幸千代の態度に親仁はますます激怒する。すると一人のヤクザ者が「まぁ待ちなィ」と言って割って入った。幸千代の向かいの腰掛けにドッカと座った。

「お侍さん、枯骨横町でふんぞり返っていられるなんてたいしたもんだ。まだお若《わけ》ぇがいい度胸をしていなさる。タダ飯を喰いに来た、ということは、一宿一飯《いっしゅくいっぱん》の恩義に与《あずか》りてぇってことですかい」

ヤクザ者の家でご馳走になったら、命懸けで恩返しをしなければならない。その覚悟はあるのか、と問うたのだ。もちろん幸千代には意味がわからない。

「飯が食えるのなら、なんでもよい」

ヤクザ者は頷いた。

「それなら鶴川《つるかわ》一家を頼みなさるのがいいぜ。この路地の奥の家だ。鶴川のお頭は今、腕の立つ牢人を集めてる。たらふく飯を食わせてもらえるだろうぜ」

「わかった。行ってみよう」

幸千代は一膳飯屋を出ると、言われた通りに暗い路地へと入っていった。一軒の家の前に立つ。いきなり障子戸を開けると中に踏み込んだ。

土間にはヤクザ者たちが五、六人集まっていた。幸千代の振る舞いに驚いているが、そこは油断のならないヤクザ者たち。素早く幸千代を取り囲んだ。

「なんでぇ手前ぇは。仁義も切らずに踏み込んでくるたぁ、どういう了見だ！」

ヤクザ者の世界では、挨拶することを〝仁義を切る〟という。「お控えなすって。手前生国《しょうごく》と発しまするは～」というあれだ。挨拶もなく入ってくるのは喧嘩か暗殺を仕掛けに来た者だけだ。当然にヤクザ者たちは殺気立った。懐の匕首《あいくち》を握って凄《すご》んでいる。

幸千代は平然としている。状況をまったく理解していない。

「ここでは飯を食わせてくれると聞いて来た」

奥に座っていた親分が幸千代の顔を睨んでいる。鶴川のお頭と呼ばれる俠客だ。

「ご牢人、一宿一飯をご所望《しょもう》ですかい」

「ああ。腹が減っておるのでな」

断りもなく土間に面した板敷きの床に腰を下ろす。ヤクザをまったく恐れていない。殿様育ちなのだから当然だが、ヤクザ者たちは〝根拠不明の貫禄《かんろく》〟にタジタジとなった。

　鶴川の親分は不敵に笑った。

「てぇした肝の据わりようだ。気に入りやしたぜ。好きなだけ食っていっておくんなせぇ」

　兄貴分が親分に質す。

「いいんですかい親分。素性の知れねぇ野郎だ」

「俺たちは今、大仕事のまっ最中だ。腕の立つ牢人なら、いくらでも揃えておきてぇのさ」

「へい。ごもっともで……」

　子分が膳を運んできて幸千代の前に置いた。幸千代は箸と椀を手にしてもりもりと食べ始める。焼いたメザシを齧《かじ》って、

「お前たち、ずいぶんと美味い物を食っているのだな」

　感心した顔つきで言った。山国の甲斐では海の魚は食べられない。しかし江戸者からすれば、メザシは貧しい庶民の食べ物だ。

「この牢人、どんだけ食い詰めていやがったんだよ？」

　と呆れた。

＊

夕闇が江戸の町を包もうとしている。同心、村田鋏三郎と尾上伸平が大路《おおじ》を走っていた。

「くそっ、暗くなってきやがった！　朝になったら江戸中を大八車が走り回る。轍を踏み消されちまうぞ。今夜中に荷車の行き先を突き止めろッ」

焦りを隠せない。前から玉木が走ってきた。

「重たそうな荷車を確かに見た、ってぇ木戸番を見つけました！　そいつの話じゃあ荷車は、この先の貧乏長屋に入ったってぇことです」

「轍の跡はあるのか？」

「確かにそこへ向かって延びてます」

「よしッ、行くぞ！」

＊

南町奉行所の内与力、沢田彦太郎が本多出雲守の下屋敷に入った。まったく忙しい。席の温まる暇もない。

すぐに大井御前がすっ飛んできた。

「沢田殿ッ、若君様は、見つかったのでございますか」

「いや、それが、いまだ吉報は届かず……」

「何をなされておるのじゃ！　若君様は、お一人にしておいて良い御方ではござらぬ！　世間のことを何も御存知ではないのですよ！　学問はお嫌い。勝手気ままにどこへでも行かれる。銭勘定などしたこともない！」

「それは困ったことにございますな……」

江戸は生き馬の目を抜く町だ。世間知らずが一人で無事に済む場所ではない。

＊

夜空に煌々《こうこう》と月がかかっている。晩秋の澄んだ大気だ。掘割を一艘《そう》の舟が進んできた。

「ああ、いいお月夜だねぇ。熱燗《あつかん》できゅーっと一杯やりたくなってきた。銀八、酒の用意はないのかねぇ」

舟に乗っているのは卯之吉、そして源之丞だ。不器用に棹《さお》を操って大汗をかいているのは銀八であった。

「無茶を言わねぇでおくんなさい。あっしはこれだけで必死なんでげすから」

卯之吉はのほほんと微笑んでいる。

「舟はいいねぇ。歩かなくても進んでくれるんだから」

「おい卯之さん」

源之丞が注意を促す。

「そろそろ枯骨横町だぜ。あの辺りがそうだ」

長屋が何棟も続いている。障子窓から明かりが洩れていた。

「江戸の町人はみんな早寝早起きだ。夜中遅くまで灯がついてるのは博打場か、悪党どもの根城だぜ」

卯之吉とすれば、吉原や深川で朝まで大蠟燭《おおろうそく》を灯《とも》して夜遊びしているから、灯がついている家を見ても不思議に感じないわけだが、しかしこれは本来はたいへんに訝《いぶか》しい事なのだ。

卯之吉は目を向けて、なにかに気づいて「おや」と声を上げた。

「あそこの蔵の窓が明るい。蔵から灯が洩れるってのは変だねぇ。灯火の消し忘れかね。報せてやったほうが良さそうだ。火事になったら家財やお宝が丸焼けになっちまう。銀八、舟を近づけておくれ」

「へいへい」

掘割に沿って白壁の蔵が建っている。壁の高いところに窓があった。細く開けられていて、明かりが眩《まぶ》しく洩れていた。

源之丞も首を傾げた。

「行灯のひとつやふたつの明かりじゃねぇな。盛大に灯をつけての夜なべ仕事か？　蔵の中でなにをしてやがるんだ」

卯之吉は蔵の窓に向かって呼びかけた。

「おーい。蔵の中にどなたかいなさるのかね」

窓の奥で人影が動いた。

「もぅし、そこの舟のお方。お頼み申しまする」

か細い声が聞こえてきた。

「お助けください。ここに閉じ込められ、悪事の手伝いをさせられております」

「なんだと」

と首を傾げたのは源之丞だ。

窓の中の人物は小声で訴え続ける。

「なにとぞ、町奉行所にお届けを……！」

源之丞は問い返す。

「なにをさせられておるのだ？」

「贋小判を作るように命じられているのです……」

卯之吉は薄笑いを浮かべている。

「おかしな話になってきましたねぇ」

源之丞は呆れた。

「悪事の臭いを嗅ぎつけたから、枯骨横町まで詮議に来たんじゃねぇのかい」

「いいえ。あたしは、なんとなく、暇つぶしで」

「ともかく、助けてやらなくちゃならねえぞ。銀八、舟を岸につけろ」

「おやおや。源之丞さんは無鉄砲なお人だ」

舟が岸に着けられる。源之丞は舟から飛び下りた。卯之吉は優雅に舟を降りる。蔵の周りには枯れた草が伸びていた。かつてはこの町にもまともな商家があったのだろう。この広場は荷揚げ場として使われていたのに違いない。今は荒れ放題だ。

源之丞は夏草を踏んで蔵の扉の前に出た。閉じられた扉を開けようとしたが鍵がかかっている。

「おい、鍵はないか」

追ってきた卯之吉と銀八に訊く。

銀八は辺りを見回して、扉の横の掛け金《かねがね》に鍵がぶら下がっているのを見つけた。取りにいこうとして、横に張られていた黒い縄に足を引っかけた。カランカランと大きな音が鳴り響いた。

源之丞が舌打ちする。

「鳴子《なるこ》だ！」

銀八は頭を抱えた。

「とんでもねぇしくじりをしちまったでげす！」

音を聞きつけた悪党たちが数人、広場に駆け込んできた。卯之吉たちを目敏《めざと》く見つける。

「なんだ手前《てめ》ぇら！」

卯之吉は黒巻羽織で腰には朱房の十手を差している。

「役人だァ！」

食事を終えた幸千代は「茶はないのか」と所望した。普通に振る舞っているだけだが図々しく見える。ヤクザ者も呆れている。

注《つ》がれた茶を悠然と喫していたその時、家の裏手から大きな声が聞こえてきた。

「役人だァ！」

つづけて一人の悪党が、裏の戸を蹴破《けやぶ》る勢いで駆け込んできた。

「大《て》ぇ変《へん》だ親分ッ、蔵の前に役人がいた！　見つかっちまったぜ！」

鶴川ノ親分は長脇差《ながどす》を引っ摑みながら聞き返した。

「相手は何人だッ」

「侍が二人と小者が一人だ！」

「それぐれぇの人数なら始末できるぜ！　そいつらはブッ殺し、金《きん》を担いで逃げるぜ！」

子分たちが「応《おう》ッ」と叫んで、それぞれ長脇差や匕首を摑んだ。

話を聞いていた幸千代は「ふん」と鼻を鳴らした。

「ここは悪党どもの根城であったのか」

ようやく覚《さと》った、という顔つきだ。

鶴川ノ親分が凄みを利かせてやってくる。

「ご浪人、早速だが一仕事してもらうぜッ」

「役人を斬れ、と申すか」

「そうだッ」

「……ふぅん。面白い話になってきたな」

悠然と立ち上がった。確たる思案があるわけではない。流れに任せてみるのも一興、という顔つきで鶴川ノ親分の後ろに続いて広場に向かった。

源之丞が長刀《ちようとう》を腰の鞘から引き抜いた。

「ぬうんっ！」

匕首で突き掛かってきた悪党を一撃で倒す。打たれた悪党は前のめりに倒れた。顔から地面に突っ込む。銀八の足元だ。銀八は悲鳴をあげて飛び退《との》いた。

悪党たちは次々と広場に駆け込んでくる。枯骨横町に巣くった悪党どもが総出で押し出してきたかのようだ。悪罵《あくば》を吐き散らしながら源之丞を取り囲み、匕首や長脇差で斬りかかる。源之丞は長刀を大車輪に振り回して応戦した。

銀八は卯之吉の袖にしがみついた。

「若旦那ッ、どうするんでげすか！」

返事はない。顔を見上げると案の定、立ったまま気を失っていた。

グラリと揺れる身体を支える。銀八が支えていないと立っていられない。

悪党が三人も同時に斬りかかってきた。源之丞は刀を横にして両手で受ける。

三本の長脇差と長刀がガッチリと噛み合った。

三人の悪党が体重をのせて押し込んでくる。源之丞も押し返そうとする。だが三対一ではさすがに不利だ。源之丞はズルズルッと後退した。

卯之吉と銀八にぶつかる。卯之吉が真後ろに倒れた。

「うわあああっ」

銀八が悲鳴をあげる。一緒に倒れた。背後は掘割に通じる土手だ。踏ん張るための足場もない。銀八は源之丞の羽織を摑む。そのせいで源之丞まで真後ろに引っ張られて倒れた。

「わあっ！」

「どわあああッ」

三人は土手の下に転がり落ちていく。

鶴川《や》ノ親分が刀を摑んで駆けつけてきた。

「殺ったかッ？」

悪党たちが土手の下を覗き込む。

「わからねぇ。暗くてなにも見えねぇんで」

「提灯を持ってきやがれッ」

関宿ノ金太も駆けつけてきた。

「鶴川ノ親分さん、役人はどこにいやがるんで？」

「いま捜してる最中だ。手前《てめ》ぇのほうの首尾はどうだったい」

「両替屋に押し入って、例の贋小判を取り戻してきやしたぜ――」

そう言いかけてギクリと総身をこわばらせた。

「って、手前ぇは……」

鶴川ノ親分の横にいた武士を指差している。その目は恐怖に見開き、全身が激しく震えていた。

「南町の八巻じゃねぇかッ！」

ヤクザ者たちも驚愕《きょうがく》する。

「南町の八巻だとッ」

「素知らぬ顔で乗り込んでいやがったのかッ」

幸千代には、なんのことやらわからない。（なにを言っているのだ、お前たちは）という顔つきだ。

ヤクザ者たちは勝手に逃げ腰になっている。ザザッと後退した。幸千代を真ん中にして大きな人の輪ができた。

「八巻に見つかっちまったんじゃお終《しま》いだ！　ズラかろうぜッ」

早くも裏の塀に飛びついて、乗り越えて逃げようとした者までいた。

「待て待てィ。この場は拙者に任せろ」

不逞牢人の赤林が前に踏み出てきた。腰の刀はいつでも抜刀ができる体勢だ。

「南町の八巻が剣客と申すは真っ赤な作り話。八巻の手柄を吹聴《ふいちよう》するために流した虚言《きよげん》に過ぎぬ！」

ヤクザ者たちが「えっ？」と言って驚いている。

鶴川ノ親分が問い返した。

「先生、そりゃあほんとの話ですかぇ？」

「嘘か真《まこと》か、これよりわしが証明して見せようぞ」

赤林は刀を抜いた。禍々《まがまが》しい刃がギラリと光る。

「トワーッ！」

大上段に振りかぶり、いきなり幸千代に斬りかかった。

*

本多出雲守の下屋敷では、沢田彦太郎と大井御前が苦悶《くもん》の表情を浮かべて向かいあっている。

「大井様、この江戸には不逞の輩《やから》どもが多く潜んでおり申す。幸千代君の御身《おんみ》が案じられてなりませぬ」

沢田がそう言うと、大井御前は、なにゆえか呑気な顔つきとなった。

「ああ、その儀ならば心配はいりませぬぞ」

「なにゆえ左様に申される」

「若君様にはひとつだけ取《と》り柄《え》があるのです」

「それは、どのような」

「武芸がお強い。剣術師範のほうが叩きのめされるような有り様。大きな声では申せませぬが、若君の勝手な出歩きがあまりにも目に余るゆえ、『足の骨の一本も折ってやればしばらくは大人しくなろう』という話になってのう、甲府勤番の暴れ者たちが、稽古に事寄せて若君を襲ったことがあったのじゃ」

さすがの沢田も『何を言っているのだこの人は』という顔で聞いている。

「御前様が襲わせたのでございますか？」

「妾がそんなことを許すはずがなかろう！　甲府勤番の不心得者の仕業《しわざ》じゃ」

「それにしたって酷《ひど》い」

「まぁ聞け。ところがじゃ。甲府勤番の暴れ者たちが一人残らず叩きのめされてしもうた。江戸で悶着を起こし、甲府に山流しにされた不逞旗本や御家人たちじゃぞ。そこいらのヤクザ者より喧嘩は強い。にもかかわらず幸千代君には敵《かな》わなんだのじゃ。ああ小気味好い！　……などと笑っておる場合ではない」

大井御前は大きなため息をもらした。

「戸隠山で天狗山伏の修行をして、何に開眼してしもうたのかのぅ……。まったく困った若君様……」

＊

「トワーッ！」

赤林の斬撃が幸千代に迫る。必殺の剣だ。しかし幸千代は顔色ひとつ変えなかった。

わずかに立ち位置を変える。サッと身を翻して刀をかわした。剣術の世界ではこれを〝一寸の見切り〟という。太刀筋を見切って一寸（約3センチ）の距離で避けたのだ。赤林の剣は空振りした。

「なんじゃと！」

赤林は驚きを隠せない。「ムムッ……」と唸ってさらに踏み込む。空振りした刀身を上向きに返すと、斜め下からの斬撃を繰り出した。

幸千代は真後ろに天狗のように跳んだ。またしても刀を避ける。

赤林の顔が真っ赤に染まる。ギリギリと歯嚙みした。

「こんなはずでは！」

ムキになって斬りつける。いつのまにか幸千代が刀を抜いている。刀で赤林の剣を受け止めた。いつ、抜刀したのか、この場の誰も見定めることができなかった。

「おのれ、八巻ッ」

赤林がさらに斬りかかる。その刀身が打ち払われた。刀が弾かれて赤林の腕が大の字に広がった。胴体の真ん中がガラ空きとなる。赤林は仰天し、次に恐怖の表情となった。

幸千代は容赦しない。まっすぐに刀を振り下ろした。

「ギャーッ」

赤林は真後ろに倒れた。

ヤクザ者たちは恐怖でタジタジと後退する。

「やっぱり凄腕の使い手じゃねぇかよ！」

「天下に名高い人斬り同心だッ。敵わねぇ！」

幸千代は険しい顔となる。

「誰が人斬りだと？　峰打ちだぞ。斬ってはおらぬ」

そうだとしても刀は鉄製の棒だ。殴られたら無傷では済まない。現に赤林は大の字に伸びてピクピクと痙攣《けいれん》している。

「ちっ、畜生ッ」

恐怖で動揺しきった金太が破れかぶれの突進をする。匕首を突きつけてきた。もちろん幸千代の敵ではない。瞬時に匕首を叩き落とされる。さらに肩を打たれた。金太は悲鳴をあげて仰《の》け反《ぞ》り倒れた。

「兄貴までやられたッ」

悪党たちは一目散に逃げようとする。そこへ村田銕三郎たちが踏み込んできた。

「南町奉行所であるッ！　御用だ！」

尾上と玉木もいる。近在の番小屋から集めた番太郎たちを捕り方として引き連れていた。

逃げ口を塞《ふさ》がれた悪党たちはますます動揺した。

幸千代は無造作に刀を振るって悪党たちを背中から打ち据えていく。村田は驚いている。

「ハチマキ、手前ぇ、ここで何をやってるんだよ？」

尾上が囁《ささや》く。

「村田さん、まぁた八巻に先を越されちゃいましたね」

「うるせぇッ」

憤激した村田は悪党どもに怒りをぶつける。手当たり次第に十手で殴りかかった。

幸千代と村田の奮闘で、悪党たちの十数人があっと言う間に倒された。地べたに倒れて呻き声をあげている。

幸千代は村田に歩み寄った。

「お前は南町奉行所の者か。悪党どもに縄を掛けよ！」

村田は「なんだと?」という顔をした。幸千代は尊大そのものの顔つきだ。蔵の方を見て、クイッと顎を向けた。

「蔵の中に、何者かが捕らえられておるようだ。救い出してやれ」

そう言うと悠然と立ち去った。同心三人は呆気《あっけ》にとられている。

村田が目を怒らせた。

「なんだあの野郎ッ、上役の俺に向かって偉そうに指図《さしず》しやがって!」

尾上が「まぁまぁ」と宥《なだ》めた。

「沢田様が言っていた熱病ですよ。八巻のやつ、熱にうかされて頭がボーッとなっているのに違いないです」

「熱病の人間が刀を振り回して暴れるわけがねぇだろッ」

玉木が蔵の扉を調べている。扉の横には鍵がぶら下がっていた。その鍵を使って開ける。中から一人の男を救い出した。男は衰弱しきっていた。

「手前は飾り職人の友次郎《ともじろう》と申します……。悪党どもに唆《そそのか》されて、贋小判を作るように仕向けられ……」

瘦せ衰えた職人たちが五人も這い出してきた。玉木は村田を呼んだ。

村田は蔵の中に踏み込む。金塊《きんかい》の箱がある。机の上には小判の形に打たれて形成された金塊と、後藤家の極印を偽造するための彫金道具が置かれていた。

玉木が言う。

「重たい荷車の正体は金塊だったのか。彫金細工の職人に贋小判を作らせていたんですね」

「沢田様に報せろ。応援の同心を呼んでこい」

「はいっ。えーと、八巻はどうします？　その辺をフラフラしてそうですけど」

「あんな奴は放っとけッ。行けッ」

玉木は「はいっ」と答えて走り出した。


卯之吉と源之丞を乗せた小舟が掘割を静かに下っていく。棹《さお》を握って舟を操っているのは銀八だ。

「村田様たちが駆けつけてきてくれたみたいでげすよ」

失神から覚めた卯之吉はのんびりと莨《たばこ》をふかしている。

「あの人は本当に働き者ですねぇ。後の事は任せておけば大丈夫でしょう」

源之丞ももはや捕り物には関心がない。

「ずいぶんと遠回りをしちまったな。吉原に行って飲み直そうぜ」

銀八は（この人たちはいったいなんなんだろうなぁ）という顔つきで棹を操っている。

七

江戸の町は今日も大勢の人出だ。掘割にかかった橋の上を大勢が行き交っている。堀端には瓦版屋が立ち、大声を張り上げていた。

「さあさあ、お立ち会い！　またまた南町の八巻様の大手柄だよ！　贋小判を作るため、悪党どもに攫《さら》われた飾り職人が、悪事を報せるために我が子に託した贋小判！　それを目にした八巻様、たちまち悪事の一部始終をお見通しだァ。悪党の根城に乗り込んで、悪党どもを一網打尽。飾り職人を救い出したってぇ大捕り物だ。顚末《てんまつ》が全部ここに書いてある。さぁ、買った買った！」

町人たちが群がって買い求める。荒海一家の子分の一人も買い求めて、三右衛門の許《もと》に持ってきた。

三右衛門は一読し、激怒で顔を歪めさせた。

「オイラが何も知らねぇうちに旦那が手柄を立てていなすったなんて……。一の子分として、あっちゃあならねぇ話だぜ！」

子分たちは八つ当たりが怖くて近寄れない。

長屋に飾り職人の友次郎が戻ってきた。同心の玉木に引き連れられている。

「おとっつぁん！」

娘のお信が駆け寄って抱きついた。友次郎も娘を抱きしめて涙を流す。

大家と番太郎、両替屋の三人も笑顔で見守り、玉木に頭を下げた。

玉木は答える。

「小判の偽造に関わったのは重罪だが、悪党に無理強《じ》いをされての事。悪事を報せるために贋小判と密書を娘に託したのは立派な振る舞い。友次郎の働きで悪党どもを捕らえる事ができた。よって罪は問わずに放免となった」

大家が頭を下げる。

「ありがとうございます。それもこれも八巻様のお力添えがあってのことと拝察いたします」

両替屋も低頭する。

「八巻様には手前の命もお救いいただきました。なんとお礼を申しあげれば良いものやら……」

玉木は「いや、ちょっと待て」と言った。

「友次郎を蔵から救い出したのは俺だぞ？」

誰も話を聞いていない。大家はお信に頭を下げさせる。

「お前からもお礼を言うんだよ」

お信は神妙に頭を下げた。

「八巻様に、ありがとうございました、とお伝えください」

玉木は、お信の前にしゃがみ込んだ。

「あのね、お前のおとっつぁんを助けたのは、八巻の旦那じゃなくて、玉木の旦那だから！　目の前にいる、このおじちゃんだからね！」

自分の顔を指差して訴えた。


三国屋の座敷に沢田彦太郎が入ってきた。徳右衛門が迎える。沢田は上座の屏風《びょうぶ》の前に座った。

「座敷を借りてすまぬ。本来ならばそのほうを南町奉行所に呼ぶべきところなれど、町奉行所の者にも知られたくない秘事じゃ。内密に話がしたい」

「贋小判のことにございますな」

「左様。贋小判を作っていた悪党どもを捕らえたのだが、彫金職人の六人ばかりが作った程度では、米価や銀貨に障りが出るとも思い難《がた》い」

「いかにもご賢察にございます。手前も調べを急いでおりまするが、市中に流れた贋小判、百両や二百両ではきかぬ枚数かと……」

「しかしじゃ。大量の小判を偽造するためには、大量の金塊が必要であろう。悪党どもは金をいずこで手に入れたのか」

「まことに解《げ》せませぬ」

「知ってのとおり、我らは江戸の町中でのみ、十手を使うことを許されておる。江戸の外では調べを進めることができぬのだ」

「江戸の外から運び込まれてくる金塊……。いずこから、誰が、なんの目的をもって送ってくるのか、それを突き止めねばなりませぬな」

「左様じゃ。三国屋は小判を扱う商い。そのほうならば、諸国の豪商は言うまでもなく、金山にも、顔が利くはずだな？」

「金を扱う者すべてに探りを入れよとのご下命ですな。畏《かしこ》まりました。ことは天下の一大事。金銭の値がおかしくなれば我ら商人も大損を被《こうむ》りまする。喜んでお力添えをさせていただきまする」

「頼んだぞ」

沢田は立ち上がろうとして、また腰を下ろした。

「同心の八巻のことだがな……」

「卯之吉が、どうかいたしましたか」

「いや、恙《つつが》なくやっておる。ただ今、面倒な役儀……と言うか面妖《めんよう》な役儀というか……それを任せておってな。ううむ、なんと言ったらよいのか。まぁよい。後で話す」

「卯之吉は無事なのでございましょうか」

「無事じゃ。身の危険はない。難しい務めを果たしておる……果たしておるのだと思いたい！　ともあれ、なにも案ずるな！」

説明することはできない。沢田は急いでその場を離れた。

第三章　同心、徳川幸千代

一

夜も更けた。大井御前は寝所《しんじょ》で布団を被っている。将軍家ご落胤《らくいん》をお護《まも》りするという重大な役目を仰せつかって心身ともに疲れ果てていた。暖かい布団の中だけが唯一心の休まる場所だ。睡眠時間は大事にしたい。

ところがである。眠りに就いてすぐに、大井御前は夜着をガバッとはねのけて起き上がった。

「なんじゃ、あの物音は」

「うおーっ」という男たちの唸《うな》り声が聞こえる。さらには何かをガタンガタンと叩き合う音もした。

「さては、曲者《くせもの》どもの討ち入りかッ？」

一大事だ。大井御前は長押《なげし》にかけてあった薙刀《なぎなた》を引《ひ》っ掴《つか》むと寝所の障子を勢いよく開けた。眠気などは吹っ飛んでいる。

幸千代とお供の一行は、老中本多出雲守の下屋敷に寄宿している。老中の権勢を物語る巨大な屋敷だ。

喧騒《けんそう》は台所がおかれた建物から聞こえてきた。大井御前は渡り廊下を走っていく。

台所に近づくにつれて謎の雄叫《おたけ》びがはっきりと聞こえるようになってきた。

「ヨイヨイ、ヨイヤサァーッ。ズンドコドッコイ、ドッコイサァー！」

男たちが野太い声で唱和している。トントコトントコ、カンカンカンと叩く音は、太鼓と鉦《かね》を真似しているのだと思われた。

こんな夜更けに、大名屋敷から、なにゆえに祭りの音が聞こえてくるのか。

台所の板戸が開けられて、侍が二人、外に出てきた。良く見知った顔だ。幸千代の警固《けいご》を命じてある。

「そのほうども、台所でなにをしているのですッ」

叱声《しっせい》を浴びせる。だが侍二人はすでにグデングデンに酔っていて、武士とも思えぬ物腰で蕩《とろ》けた笑みを向けてきた。

背の低い丸顔の武士が酒臭い息を吐いて答えた。

「これは大井御前様。よいお月夜にございますなぁ」

「なにを馬鹿げたことを申しておるのじゃッ。その酔態《すいたい》はなんたることとッ。若君様の警固はいかがしたッ」

もう一人の背が高い武士が答える。

「その若君様に、御酒《ごしゅ》を御馳走になったのでござる。な？」

背の低い方に同意を求めた。背の低い方が笑顔で頷《うなず》いた。

「幸千代君は、海のようにお心の広い御方でございまするな！　我らのような下々にまで温かくお声をかけてくださり、酒の酌までしてくださいましたぞ！」

「幸千代君が？　酌をした？」

「いやいや、大井御前様。我らとて、おのれの役目を忘れたわけではござらぬ。酒に酔っておったなら、いざというとき役には立たぬ。左様に心得て酒は固辞しておりましたのだが、いやあ、幸千代君の勧め上手にすっかり乗せられ、気がついた時には大盃《おおさかずき》で三杯も頂戴《ちょうだい》しておりましたぞ！　ガッハハハハ！」

「なにが起こっておるのじゃッ。お前たちでは話にならぬ！」

大井御前は酔っぱらい二人を残して台所に飛び込んだ。

途端に酔った男たちの体臭と、酒気を含んだ息の臭いが押し寄せてきて、御前は「うぷっ」と息を詰めた。

「さぁ、ヨイヨイ、ヨイヤサーッ！」

集《つど》っているのは三十人を超える侍たち。完全に酔い乱れている。袴《はかま》の裾《すそ》を捲《まく》り上げて毛脛《けずね》を見せつつ大胡座《おおあぐら》をかき、上半身は裸になって胸毛を露出させていた。腕を振り上げて手拍子《てびょうし》をする。ある者たちは台所にあった桶を逆さにして、擂粉木棒《すりこぎぼう》を撥《ばち》にして叩く。太鼓の代わりだ。丼や茶碗を叩いて鉦の代わりにもする。

輪になって騒ぐ男たちの真ん中で、豪華な装束の若君が金扇《きんせん》を片手にクルクルと舞い踊っていた。

（幸千代君……否《いや》、八巻卯之吉ッ）

無骨な武士たちまで手足を振り上げて踊る。武士の矜持《きょうじ》や体面などはまったくない。

「なんということをしてくれた！」

これでは幸千代の警固の役目が務まらない。しかもであった。浮かれているのは勤番侍だけではない。蘭学者の三老人まで下手な踊りを披露している。日頃の気難しげな態度はすっかり影をひそめていた。

「やめさせねば！」

幸千代の評判が下がったら大変だ。大井御前は酔っぱらいたちの中に割って入った。

「やめい、やめい！」

そう叫んだのだが、卯之吉はまったく聞いていない。大井御前を見て弾けるような笑みを浮かべた。

「皆さん、大井御前様が駆けつけてくださいましたよ！」

一同が「おおーっ！」と拳を振り上げ、手を叩いて喜んだ。

「御前様、日頃の憂《う》さ晴らしじゃ！　楽しくやりましょうぞ！」

「飲みに来たのではないッ」

卯之吉は大井御前に大盃を持たせた。

「さぁ駆けつけ三杯！　景気よくいきましょう！」

「ええいっ、やめ……やめぬかッ」

大井御前は酔っぱらいたちに取り囲まれ、揉《も》みくちゃにされた。

蘭学者三人がそれぞれ手にした銚釐《ちろり》で酒を注ぐ。杯の端が口に押しつけられた。

「楽しいですねぇ！　本当に楽しい！」

卯之吉が高笑いの声を響かせた。

「台所は、盛り上がっておるようじゃのう」

提灯《ちょうちん》を手にした勤番侍が二人、下屋敷の塀際を巡回している。

「皆で美味《うま》い酒を飲んでおるというのに我らだけ見廻りのお役じゃ。やってられんぞ」

幸千代の警固のために抜擢《ばってき》されたが、元は甲府勤番。江戸から甲府に山流しを食らうような不良御家人だ。怠惰《たいだ》な様子を隠しもせずに、文句を言いながら歩いている。

「交代はまだか。寒くてかなわん」

武士らしからぬ愚痴《ぐち》をこぼしていると、

「おい」

と、闇の中から声を掛けられた。

武士の影がふたつ、佇《たたず》んでいる。

宿直《とのい》の勤番侍は「おう」と間の抜けた返事をした。

「交代か。後のことは任せたぞ」

そう言い終わるより前に手裏剣が飛んできた。勤番侍二人の胸と額に突き刺さる。謎の武士たちが素早く駆け寄って、刀で勤番侍を串刺しにした。とどめを刺したのだ。

「たわいもない」

謎の武士二人は抜いた刀を鞘《さや》に戻した。覆面で顔を隠している。

彼らの耳にも台所の喧騒が聞こえた。彼らにとっても謎の物音だ。

「なんだ、あの騒ぎは」

「我らの他にも、討ち入った者がおるのか」

「若君のお命を狙う者は多いからな。まぁ良い。我らは我らの仕事を果たすのみじゃ」

二人が小声で語らっている間に、もう一人、曲者の大男がやってきた。肩にも腕にも筋肉が盛り上がっている。顔もいかつい。おとぎ話に出てくる鬼を思わせた。大男が言う。

「わしはここで待つ。お主ら、様子を見てこい」

「心得た」

大男を残して、覆面の武士二人は藪《やぶ》の中に踏み込んだ。

ところがだ。なにかをきつく叩いた音がして、続いてドサッと倒れる音がした。木の枝の折れる音が続いた。

藪の中から一人の武士が出てくる。手には木刀を握っていた。

美鈴の父、溝口左門である。もちろん大男にはその名も素性もわからない。

大男は溝口に訊《たず》ねた。

「お前さん、幸千代とかいう若君様に近侍《きんじ》の者かい」

溝口は頷いて答える。

「左様。若君様の警固を任されておる」

「拙者の仲間はどうした。二人が藪の中に入っていったはずだが？」

「すでに倒したぞ。お前たちはなにを企んでお屋敷に忍び込んだのだ」

「幸千代を殺すように頼まれた。銭で請けた仕事だ」

「誰に頼まれたのだ」

「それは言えぬ。刺客稼業の仁義なのでな」

大男は肩に担いでいた金棒《かなぼう》をブンッと振り下ろした。

「あんたを殺さぬかぎり拙者は生きて帰れぬようだ。よって殺す。悪く思うな」

そう言ってニヤリと笑った。

溝口左門は木刀を捨てた。腰の刀を抜いて構える。

「其処許《そこもと》も木剣《ぼっけん》では倒せぬ相手と見た。真剣を使うが許されよ」

「好きな物《もん》を使え」

大男が金棒を振り回しながら突進してきた。溝口左門は刀を構えたまま真後ろに走る。金棒の打撃は刀でも受けきれない。迂闊《うかつ》に受ければ刀を圧《へ》し折られ、そのまま殴りつけられてしまう。

左門の目の前をブウンッと金棒がすり抜けた。空振りだ。左門はすかさず鋭く踏み込んで、相手の腕に斬りかかった。

ところが、ギインッと刀が弾かれた。黄色い火花が闇に散る。

「鉄籠手《てつごて》か！」

腕に鉄製の防具を着けている。鉄の板で刀を弾き返したのだ。

大男は踏ん張って金棒を振り上げた。重たい棒を扱っているので動きは緩慢だ。

左門は胴に斬りかかる。しかし胴を狙った斬撃も金属音とともに弾き返された。

「この男、全身が鎧《よろい》か！」

「うおォッ！」

大男は金棒を振り下ろす。左門は横っ飛びして避けた。地面に身を投げだして倒れ込む。倒れながら素早く小柄《こづか》を引き抜いて、投げつけた。

小柄が相手の目に刺さる。

「ぐわッ！」

これにはたまらず大男が後退する。左門は素早く立ち上がると必殺の刺突《しとつ》を、相手が鎧で守っていない部分、喉首を目掛けて放った。切っ先が喉に刺さる。

「グエエッ！」

大男が不気味な声をあげた。左門は刀を捩《ねじ》って真横に振る。喉の半分が切り裂かれた。大男は激しい血飛沫《ちしぶき》を噴き出しながら倒れた。

溝口左門は大きく息を吐くと、刀を一振りして血を振り払い、鞘に戻した。

翌朝。溝口左門からの報告を、大井御前は青い顔で聞いた。

顔色が青いのは驚いて血の気を失ったのと、二日酔いとの相乗効果だ。

「若君様のお命を狙う刺客が入り込んだ、じゃとッ？」

「いささか声が大きゅうござる」

「う、うむ」

大井御前は声をひそめる。

「……して、刺客はいかがした」

「ひとりは拙者が切り捨て申した。あとの二人は木剣で昏倒《こんとう》させていたはずでしたが、自害をされてしまい申した」

大男との戦いの後、藪の中に戻った溝口左門が見たものは、曲者二人の死体であった。捕らえられて拷問されるよりは死を選んだのに違いない。

溝口左門は報告を続ける。

「身許を明かすような物は、なにも所持しておりませなんだ」

大井御前は頭を抱えた。二日酔いと合わさって二倍に頭が痛い。

「ともあれ、出雲守様と相談せねばならぬな」

「報《しら》せるのでございまするか」

「出雲守様のお屋敷に骸《むくろ》を転がしておくわけにもゆくまい」

「今後もこの屋敷には刺客が次々と送られて参りましょう。覚悟をしておいたほうがよろしかろうと存ずる」

「うむ」

大井御前は立ち上がった。出雲守の許《もと》に向かう。廊下を歩きながら考えた。この屋敷には今、幸千代はいない。替え玉の南町奉行所同心がいるだけだ。だから襲われたところで問題はない。極めて安心ではあるのだが、本物の幸千代がどこへ行ったのか、いまだにわからない。頭がおかしくなってしまいそうだ。とにかく出雲守と相談だ。大井御前は足を急がせた。


「幸千代君の御寝所近くに曲者が忍び込んだだとッ？」

本多出雲守が大音声《だいおんじょう》を出した。天井を突き破りそうだ。大井御前の話を聞いてよほどに驚いたのに違いない。

「警固の勤番侍どもは何をしておったのかッ」

卯之吉の勧め上手に乗せられて大宴会を開いていた――などとは口が裂けても言えない。

「警固の者の奮迅《ふんじん》の甲斐《かい》あり、曲者どもは一人も逃さず、討ち取りましたぞ」

活躍したのは溝口左門だけなのだが、そんな事実まで正直に伝える必要はない。

出雲守は「ううむ」と唸《うな》って、ため息をついた。

「討ち取った曲者が三名に対して、討たれた勤番侍は二名か。これは合戦に等しい！　先代の上様のお血筋は幸千代君ただお一人じゃ。幸千代君に万が一のことあらば、将軍家には世継ぎ騒動が勃発し、天下は麻の如《ごと》くに乱れようぞ」

大井御前もため息を漏らした。

「幸千代君がお姿をお晦《くら》ましになられたことが、かえって好都合にございました。いっそのこと、幸千代君には、このまま姿を晦ませておいていたほうがよろしいか、とも、愚考仕《つかまつ》りまする」

本多出雲守は渋い面相になった。

卯之吉がずーっとこの屋敷で替え玉を務め続けることになる。それはそれで心労の種だ。

その時、本多家の若侍が静かに廊下をやってきた。障子の前で平伏して言上《ごんじよう》する。

「大奥御中﨟《ちゆうろう》、富士島ノお局《つぼね》様、急なお渡りにございまする」

富士島がズカズカと踏み込んでくる。

「火急《かきゅう》のことにて案内もなく押し通りました。許されませ」

大井御前はもちろんのこと、出雲守までもギョッとなった。

富士島は着座すると、出雲守と大井御前の顔を交互にジロジロと見た。

「曲者が踏み込んでまいったそうじゃな。上様はすでに御承知。若君様ならびに皆様の御身《おんみ》を案じなさいまして、妾《わらわ》を見舞いにお遣わしになられました」

「上様が御承知じゃと……！」

出雲守は絶句する。将軍には直属の御庭番がいるが、あまりにも情報が早く届きすぎる。

出雲守は動揺を押し隠して答える。

「抜かりなく、討ち取り申した」

「それは重畳《ちょうじょう》、と、申したきところなれども頼りなき話じゃ」

富士島の目はまっすぐに出雲守を凝視している。

「間もなく甲斐国より幸千代君の許嫁《いいなずけ》、真琴《まこと》姫が江戸入りなされまする。曲者どもが跳梁跋扈《ちょうりょうばっこ》しておるようでは安心してお迎えできませぬ。上様はお心を痛めておわしまするぞ」

「ハハッ。町奉行にもきつく言いつけ、江戸市中の大路《おおじ》から路地にいたるまで、見張りを命じまする。上様にはよしなにお伝えあれ」

「このような不祥事が続くようではまことに頼りない、と、上様は仰せじゃ」

筆頭老中といえども、将軍の一存で罷免《ひめん》や隠居を命じられてしまう。そして中臈の富士島は、将軍の耳に直接、意見を囁《ささや》くことのできる立場にあった。

出雲守は慌てた。

「幸千代君が曲者に害されることがないように、二重、三重の策を講じておりまするゆえ、上様にはなにとぞお心安くおわしますよう、と、お伝え願いまする」

「どのような策でございましょうな。上様はきっとお尋ねになる。妾が答えられるよう、お教えなされ」

「と、とっておきの秘策でござる」

幸千代がいなくなって、こっちも居場所を摑めていない、などとは言えない。ともあれ、味方ですら居場所がわかっていないのだから、敵が暗殺できるはずがないのである。

富士島は話を変える。

「甲斐国より江戸入りする姫君の警固はどうなっておるか、と、上様はお尋ねじや」

「甲州街道の旅路は道中奉行《どうちゅうぶぎょう》が、江戸入りしてのちは町奉行所の役人たちが、厳重にお守りいたしまする」

「昨夜の一件によって刺客どもが江戸市中を徘徊《はいかい》しておることが明らかとなった。姫君の行列を守りきれるかどうか、甚《はなは》だしく心許《こころもと》ない。そこで上様が一案をお出しくだされた」

「どのような……」

「替え玉じゃ」

出雲守は耳を疑った。

「そちらも替え玉の策にございまするか」

「そちらも……とは、いかなる意味じゃ」

「いや、こちらのこと」

「物々しい行列は嫌でも人目につく。鉄砲で撃たれたならばひとたまりもない。そこで行列は空駕籠《からかご》、すなわち囮《おとり》として、姫君には少人数にて、町娘の風体《ふうてい》で旅をしていただく。それが上様の策でございます」

出雲守は同意できない。

「それはそれで、剣呑《けんのん》な旅になろうかと愚考仕りまするが」

「ならば江戸に潜んだ刺客どもを一人残らず捕縛できると申すか。とうていできまい。すでにして昨晩、刺客の侵入を許したではないか。上様はご心痛におわしまするぞ」

「拙者の不徳にござる」

「ならば上様の策に従いまするか？　従いまするな？」

富士島は執拗《しつよう》に強要してきた。出雲守は最後には同意させられてしまった。

富士島は満足そうに高笑いした。

「上様もお喜びでござろう。上様の仰せでは――南北町奉行所の役人の数にも限りがあろう。町奉行所の者どもはこの屋敷周りの守りに専念させよ。姫君の行列はいっさい守らずとも良い。さすれば役人の分散をさけることができる――とのお言葉でしたぞ」

「仰せの通りにいたしまする」

富士島は声をひそめた。

「上様の本音を申せば――許嫁の姫君は討たれてもかまわぬ。幸千代君のお命を守ることがなによりも大事。姫君の行列を守る役人をこの屋敷に張りつけさせるべき――とのお言葉でござった」

「幸千代君のお傍には、決して、何者も、近づけはいたしませぬ」

出雲守はそう答えるより他にない。

富士島は帰っていった。大井御前は難しい顔で考え込んでいる。

「あれらはまことに上様のお言葉なのでしょうか」

出雲守も渋い顔だ。

「上様の病床にはわしであっても近づけぬ。近づくことの叶《かな》うのは、御殿医と、お気に入りの奥女中だけじゃ」

「いかがなさいまするか出雲守様！　まことに姫君の替え玉策をお取りなさるのか」

「そうするより他にあるまい！　わしの首がかかっておるのだ。富士島の言葉は上様のお言葉であると心得て、何事であれ従うより他にない！」

「されど、まことの幸千代君はこのお屋敷にいらっしゃらないのですよ？　大人数でこの屋敷の守りを固めたところで――」

「幸千代君が替え玉であることを知っておるのは、わしとそこもとと、南町の沢田だけじゃ！　世間を騙し抜くより他に道はない！　町奉行所の同心たちをかき集め、屋敷の外を固める！」

大井御前にも、どうにもできない問題だった。

「若君も替え玉、姫君も替え玉。いったいどうなってしまうのやら」

二

朝。下谷通新町にある溝口道場で、幸千代が朝飯をワシワシと食っていた。たいそうな食いっぷりである。なぜか配膳を仰せつかった銀八が呆《あき》れた顔で見つめている。

江戸を好き勝手に闊歩《かっぽ》して、大暴れした幸千代は、一人で無事に溝口道場まで帰ってきた。

（一人で帰ってこられるなんて、うちの若旦那よりはご立派でげす）

などと、妙なところで銀八は感心している。

美鈴はお新香を俎《まないた》で刻んでいる。皿に移して持ってきた。幸千代はご飯をたくさん食べるので、お新香も大量に必要なのだ。

銀八と二人で座って、幸千代の様子を困り顔で見ている。銀八がおそるおそる、幸千代に向かって言った。

「若君様、そろそろお屋敷にお戻りなさったほうが、よろしいんじゃねぇかと思うんでげすが……」

「なぜじゃ」

「お供の皆様がご心配なさってるでげすよ。いっぺん顔を出してあげて、安心させてやったほうがよろしいんじゃねぇかと」

「出雲守の屋敷には、わしと瓜《うり》二つの男がいるのであろう。わしが顔を出したりしたら、かえって驚かせてしまうのではないか？」

「そりゃあ驚くでしょうねぇ。若君様が急に二人に増えちまうんでげすから」

「老臣たちを驚かせては気の毒だ。心ノ臓にも悪かろう。よってわしはしばらく屋敷には戻らぬ」

「お屋敷のお侍様から聞きましたよ。もうすぐ甲斐国から、許嫁のお姫様がご到着なさるんでげしょう？」

「う……うむ」

「若君様にお会いしたくて長旅をしてきたお姫様。お屋敷に若君様がいらっしゃらなかったら、お嘆きになるんじゃねぇでげすか？」

「お前はじつに嫌なところを突いてきおるなぁ」

幸千代は動揺を隠せないでいる。それを見て銀八は美鈴に囁いた。

「意外と女人への情が厚くていらっしゃるでげすよ。うちの若旦那とはえらい違いでげす」

美鈴はキッと睨《にら》み返した。

「旦那様のことを薄情者みたいに言わないでください！」

「なにをコソコソとやっておるか」

「いいえ、なんでもねぇでげす」

幸千代は懐をまさぐって瓦版《かわらばん》を取り出し、広げた。江戸のどこかで買ったらしい。

「ここに書かれておる八巻とは、わしのことであろう」

悪党を相手に奮戦する同心の絵が添えられている。

「へい。さいでげす」

幸千代は笑みを含んで瓦版を読んでいる。

「わしとすれば、気の向くままに暴れただけであったが……。かくも人から喜ばれるとは。人助けとは、実に良きものだな」

なにやら嫌な予感がする。卯之吉の非常識な行動にさんざん振り回されてきた銀八は、怪しい雲行きに敏感だ。

「な……なにを、お考えで？」

「よし、決めたぞ！　わしはこれより江戸の悪党退治をいたす！」

銀八と美鈴は「ええっ？」と声を揃えてしまった。

「若君様、無鉄砲はよろしくねぇでげすよ」

「黙れ。江戸は我が兄の町。わしは将軍の弟ぞ！　兄のお膝元を騒がす悪党どもを弟のわしが成敗する。当然の振る舞いではないか。文句は言わせぬ！」

「誰も文句は言わねぇでげしょうけれども、そのぅ、お供の皆様方のご心労ってもんが……」

「知らぬ。聞く耳持たぬわ」

幸千代はスックと立ち上がった。

「八巻がわしの替え玉を務めると申すのであれば、わしが八巻の替え玉を務めようぞ！　八巻は江戸で一番の辣腕《らつわん》同心。町人どもからは『江戸の守り神』とも呼ばれておる。本来ならば江戸の守りは将軍の弟たるわしが果たすべき役目。よぅし決めたぞ。諫言《かんげん》は聞き届けぬ！」

銀八は真っ青になった。

「と、とんでもねぇことになっちまったでげす……！」

これからどんな騒動に巻き込まれてしまうのか。想像するだに恐ろしい。

＊

荒海一家の表看板は口入れ屋である。武家屋敷へ奉公人の斡旋《あっせん》を稼業としている。田舎から江戸に出てきた者たちが働けるようにしてやるのが仕事だ。

店先には、武家屋敷側からの求人が張り出されている。仕事を求める男や女が暖簾《のれん》をくぐって入ってくる。晩秋は格別に忙しい。稲刈りを終えた百姓衆が賃仕事を求めて江戸に来るからだ。

「こんな仕事はどうだい。お堀の土留めだ」

「冬になるってのに、足腰が水に浸かる仕事は嫌だなぁ」

「贅沢《ぜいたく》を抜かすなよ。力仕事以外のなにができるってんだ」

一家の者と初老の百姓が掛け合いをしている。別の場所では框《かまち》に座った女が、

「お旗本屋敷のご奉公はないのかい」

「あるぜ。ただし、台所仕事の他に、流行《はや》りの小唄が三味線《しゃみせん》で弾けるってぇ条件付きだ。奥方の唄に合わせて弾けねぇといけねぇのさ。どうだい姐《ねえ》さん、三味は

得意か」

などと言い合っていた。

そこへ凶悪な面相の男が踏み込んできた。弁慶縞《べんけいじま》の小袖に絹の羽織を着けている。一目で俠客《きようかく》だとわかる。店の外には引き連れてきたらしい子分衆の五人ばかりの姿があった。

荒海一家の若い衆が慌てて土間に下りて深々と低頭した。帳場に座っていた寅三も土間まで下りて頭を下げる。

「これは、閻魔前《えんままえ》の親分さん。ようこそおいでなすった」

俠客は「おう」と答えて店の中をジロジロと見回した。

「三右衛門はいるかい」

この俠客、二ツ名を閻魔前ノ鬼兵衛《おにへえ》という。内藤新宿《ないとうしんじゆく》を仕切る親分だ。三右衛門とは義兄弟の杯を交わしていた。

寅三は「へい」と答えた。

「どうぞお上がりを。やいっ、濯《すす》ぎをお持ちしろィ！」

若い衆に命じて自分は店の奥に向かう。鬼兵衛の訪問を報せるためだ。

「久しぶりだなぁ荒海ノ。元気そうでなによりだぜ。もっとも手前《てめ》ぇは殺したって死なねぇ野郎だがなぁ」

「憎まれ口は相変わらずだ。そっちはどうだい。内藤新宿は繁盛しているのか」

親分二人が奥座敷で向かい合って座っている。

内藤新宿は甲州街道の最初の宿場だ。太宗寺《たいそうじ》という寺があって閻魔像が有名だった。江戸では閻魔信仰が盛んだ。参拝する庶民が多い。寺の門前町を仕切っていたことからこの鬼兵衛、閻魔前ノという二ツ名で呼ばれるようになった。

丸顔で太った男だが、眼光だけは鋭い。確かに閻魔を彷彿《ほうふつ》とさせる。

「荒海ノ。手前ぇの耳に入れときてぇ話があってやってきた。……というより、八巻の旦那にお聞きいただきてぇ話だ。旦那と直《じか》に話がしてぇ」

この鬼兵衛も同心八巻卯之吉の人柄に（勘違いをしたうえで）惚れ込んでいる。

三右衛門は顰《しか》めっ面《つら》になって腕を組んだ。

「旦那は今、どこにいなさるのか、わからねぇんだ……」

「なんだと手前ぇ！　一ノ子分を自負していたんじゃねぇのかよ」

「うるせぇッ。うちの旦那はなぁ、隠密《おんみつ》同心サマだぜ！　老中様のご密命を奉じるってぇと町人やら何やらにお姿を変じて探索をお始めなさるんだぃ！　神出鬼没よ！　オイラたち子分の目にも止まらねぇ。敵を騙すにはまず味方から、てぇのはこのことだッ。そりゃあすごい同心様なんでぃ！」

隠密姿で悪党退治に励んでいるわけではなくて、放蕩者《ほうとうもの》の若旦那に戻って吉原や深川で遊んでいるのだが、三右衛門はまったくの思い違いをさせられていた。

しかも今回は〝将軍家ご落胤〟に変装している。荒海一家は江戸中に隈《くま》なく走って卯之吉の行方を捜したが、見つかるはずもない。

三右衛門は太い銀煙管《ぎんきせる》に莨《たばこ》を詰めて火を着けようとしたが、イライラしすぎて上手くいかない。苛立《いらだ》たしいので煙管を火鉢に叩きつけた。

鬼兵衛は憐れみの目で三右衛門を見ている。

「旦那がお留守じゃ仕方がねぇ。お前《め》ぇに伝えとくぜ。必ず旦那のお耳に入れてくれよ」

「なんでぇ」

「甲州街道筋に、胡乱《うろん》な奴らが行き来していやがる」

「なんだと」

侠客二人の目が鋭く尖《とが》った。鬼兵衛は声をひそめて語り続ける。

「佐藤篤清《さとうあつきよ》ってぇ浪人がいる。信州を荒し回ってる人斬りだ。銭のためならどんな非道な仕事でも請け負う。殺しの手口も残忍だ」

「そんな人でなしが江戸に入ったってぇのかい」

「そいつだけじゃねぇ。清少将《せいのしようしよう》ってぇ野郎がいる。こいつも殺し屋だ」

「なんだと？　京のお公家様が銭で人殺しをするってのかよ」

「ただの悪党さ。お公家さんの落《お》とし胤《だね》だと吹聴《ふいちよう》していやがるだけだぜ。なるほどいかにもそれっぽい、ちょっとばかり高貴な顔だちでな、眉《まゆ》を剃り落として白粉《おしろい》なんか塗りやがって、気色の悪い野郎だぜ」

「ふむ。思い浮かべただけでむかっ腹が立つな」

「剣の腕は確かだ。京流《きようりゆう》とかいう古い流派で、古風な太刀を振り回しやがる。手ごわい相手だぜ」

「人斬りの悪党が二人もうろついてるってのか」

「大きな声じゃ言えねぇが、甲斐から江戸に、お姫様がお忍びで旅してまいられる。そういう報せが、道中奉行様から俺たち侠客に回されてる。宿場をきれいに掃除して、悪党どもを取り締まれ、とな」

道中奉行は幕府の役職だ。大身旗本が就任する。

ところがこの役職は勘定奉行の兼任であった。勘定奉行は四人いるのだが、そのうちの一人が五街道の管理の仕事も任されている。

当然に役人の数が足りない。宿場の治安維持や悪党の捕縛は地元の侠客一家に委託されていた。

この時代、商人は豊かになる一方だが、反比例して武士は貧しくなる一方。幕府の予算も枯渇《こかつ》しきって、警察権をヤクザに下請けさせる事態にまで陥っていたのである。

「という次第でな、江戸の町奉行所のお耳にも入れといたほうがいいだろうと考えたってわけよ」

「心得た。オイラの一家からも人を出すぜ。旦那のお耳にも、できるだけ早く伝えとこう」

「頼んだぜ」

鬼兵衛は腰を上げた。

「ゆっくりしていきてぇところだが、そういう次第で忙しくてな。また、寄らせてもらうぜ」

鬼兵衛は子分衆を従えて、威風堂々、内藤新宿へと帰っていった。

*

内藤新宿は甲州街道の最初の宿場であったが、この当時はずいぶんと寂れている。そもそも江戸から二里（八キロ）しか離れていないので、旅籠《はたご》に泊まる者もいない。もっぱら馬借《ばしゃく》（運輸業者）の利便を高めるために置かれた宿場であった。馬小屋ばかりがたくさんあって民家は少ない。農耕にも不適な土地で田畑《でんぱた》も少なく、沼地と雑木林《ぞうきばやし》が広がるばかりであったという。

雑木林の中に一軒の家が建っている。粗末な造りの百姓家だ。家の中には人相の悪い男たちが三人いる。囲炉裏《いろり》の炎を囲んで酒を飲んでいた。

「まずい酒だッ。水のように薄い。酒でも飲んであったまろうかと思うたが、腹が冷えていくばかりだぞ」

髭面《ひげづら》の男が苛立たしげに言った。

白髪の老人が囲炉裏に柴をくべながら言う。

「安酒なんだ。仕方ねぇだろ。江戸も、街道筋も、役人とその手下どもが目を光らせてやがる。俺たち小悪党には手も足も出ねぇ。仕事ができねぇんだ」

かれらにとっての仕事とは悪事のことである。

三人目の男は破戒僧だ。

「盗みも追剥《おいはぎ》もできねぇ。これからますます寒くなっていくってぇのに、綿の入った上着のひとつも手に入らぬのではたまらねぇぞ」

身震いをしてボロボロの帷子《かたびら》（一枚布の薄い着物）の衿《えり》をかき寄せた。

と、その時であった。障子戸が外から開け放たれた。冷たい風が吹き込んでくる。囲炉裏の炎が激しく揺れた。

「誰でぃッ！」

老人が闇に向かって叫んだ。髭面の男と破戒僧も、素早く腰を浮かせて身構えた。

白面《はくめん》の男がヌウッと入ってくる。八卦見《はっけみ》（占い師）のような不思議な格好をしていた。切れ長の涼やかな目で屋内を見回す。無表情であった。

老人は男の顔に見覚えがあった。

「手前《てめ》ぇ、清少将とかいう悪党だな。なにをしに来やがった」

少将は冷たい目で見つめる。ギヤマンの玉のような、感情のこもっていない目であった。

「麿《まろ》には、隠れ家が必要なのや」

とってつけたような公家言葉で言う。悪党三人は（おかしな野郎だ）と思ったけれども、悪党は元から頭が少しおかしい。いちいち奇行を咎《とが》めていても始まらない。老人は答えた。

「匿《かくま》って欲しいってぇのか。ここは悪党の隠れ家だ。銭さえ払うんなら、泊めてやらねぇでもねぇぞ」

「麿は、おことらの如《ごと》き者どもの情けなど受けぬ」

「どういう了見だィ」

老人が目を怒らせた。

「お公家様気取りだかなんだか知らねぇが、悪党には悪党の仁義ってぇもんがある。仁義を守らねぇ野郎は――」

啖呵《たんか》が終わるのも待たずに少将の腰の刀が一閃《いっせん》された。

「いよおッ！」

雅楽《ががく》でも舞っているかのような声をあげて斬りかかってきた。凄《すさ》まじい手際だ。瞬時に老人に詰め寄ると、太刀をズカッと斬り下ろした。

「ギャアーッ」

老人が血煙をあげて倒れた。髭面と破戒僧は仰天した。

「野郎ッ、やりやがったなッ」

破戒僧が手にしていた茶碗を投げつける。少将は避けた。その隙に破戒僧は横たえてあった錫杖《しゃくじょう》を手に取った。

「でええええいっ！」

錫杖の先で突く。先端の金具は鋭く尖った隠し武器だ。

少将は太刀で軽く打ち払った。先端をかわしたうえで錫杖の柄《え》に沿って刀を滑らせる。ズンッと踏み込んで破戒僧の腕を斬った。

「ぐわっ！」

輪切りにされた腕が転がる。少将はさらに太刀を振るった。破戒僧の首筋がスッパリと切れた。血が噴き出す。

それを見た髭面の男は、怖《お》じ気《け》をふるって逃げ出した。

「敵《かな》わねぇ！」

戸口から外へ飛びだす。だがそこには、もうひとつの人影が待ち構えていた。

居合腰《いあいごし》から刀が放たれる。ただ一太刀で首が胴から切り離される。胴体だけがそのまま二、三歩走ってから、ドオッと倒れた。

首もゴロンと転がり落ちる。その髭面は（なにが起こったのかわからない）という表情を浮かべていた。

居合斬りの男は刀を納めた。不逞浪人、佐藤篤清である。佐藤は戸口をぐって家の中に踏み込んだ。

「塒《ねぐら》が手に入ったな。甲州街道にも近い。うってつけだぞ」

床に転がるふたつの死体を見る。

「手懐《てなず》けて、我らの手伝いをさせても良かったのではないか？」

少将は「ふんっ」と鼻先で笑った。

「悪党など、信の置けるものではおじゃらぬ」

そういう自分はなんなのだ、と問い返したくなる。

「……ともあれ、骸の始末をせねばならんぞ」

血臭《ちしゅう》の漂う骸を見て、佐藤は少し、顔をしかめた。

三

翌朝、朝靄《あさもや》の中を一艘《そう》の小舟が流れてきた。内藤新宿から紀州徳川家下屋敷の東を延びる掘割だ。青山《あおやま》に入ったところで杭に引っかかって止まった。

当時、この一帯は百姓地である。江戸のご府内だが田畑が広がっていた。

舫綱《もやいづな》が切れて舟が流されるのは珍しくもない事故だ。小舟を見つけた百姓は不思議にも思わず近づいた。舟には何かが載っている。菰《こも》が被《かぶ》せられていた。百姓は手を伸ばして菰を捲った。そして大きな悲鳴をあげた。


報せは月番《つきばん》の南町奉行所に届けられた。同心の村田、尾上、玉木が駆けつける。舟の中を覗《のぞ》き込んで、尾上までもが悲鳴をあげた。

「酷《ひど》いなぁ、これは……」

死体なら見慣れているはずの同心ですら血の気が引いてしまう。無惨に斬られた骸が三つ、折り重なっている。切り離された首と腕が無造作に転がされてあった。

村田が険しい顔で骸を睨みつける。斬られた首をムンズと摑みあげた。尾上と玉木は「ひいっ」と喉を鳴らしてしまった。

村田は傷口を検《あらた》めている。

「見ろ、この傷口は一度しか斬られていねぇぞ。たったの一太刀で首を刎《は》ねやがったんだ」

見ろ、と言われても、尾上はそんなものをじっくりと見たくない。

「お、恐ろしい使い手ですね……」

などと適当に相槌《あいづち》を打っておいた。それだけだと叱られそうなので、別の骸を調べる。着物の袖をまくりあげて「おっ？」と声を漏らした。

「見てくださいい村田さん。こいつ、腕に墨を入れられてますよ」

「なにっ？　……二本の墨だな。島帰りか」

遠島《えんとう》刑を食らった者は腕に入れ墨をされる。前科者の印だ。

「島帰りなら、奉行所の犯科帳に記録が残っているはずだ。人相書きと照らし合わせれば身許が割れるに違いねぇ」

玉木が「はいっ」と勢い良く答えた。

「拙者、早速にも奉行所に戻りまして調べてまいりまするッ」

「おい待てよ！」

と叫んだのは尾上だ。

「俺が入れ墨を見つけたんだぞ！　俺が責任を持って調べる！」

「いやいや、尾上は得意の検屍《けんし》をしてくれ」

二人とも、凄惨《せいさん》なこの現場から逃げ出したいのだ。見苦しく言い合っていると村田が激怒した。

「人相書きを検めるなんざ後でもできるッ。検屍を進めろッ。俺は本多様のお屋敷の警固に戻る。俺がいなくなったからと言って手を抜くなよ！」

筆頭同心は忙しい。江戸市中へ駆け戻っていく。

尾上と玉木は、嫌ぁ〜な顔をして、渋々、小舟を覗き込んだ。十手の先で血まみれの死体を小突き回し始めた。

＊

幸千代が泰然《たいぜん》として江戸の町を闊歩《かっぽ》している。

今日の装束は黒巻羽織。すなわち同心の格好だ。銀八が八巻家の役宅から持ってきた。

「同心とはすなわち、江戸じゅうを巡って悪党どもを見つけ出し、懲らしめる役、と心得てよいわけだな」

お供として銀八と美鈴が従っている。銀八はいつものように愛想笑いで、

「へいへい。仰《おつしや》る通りでございます」

などと調子を合わせているが、内心では不安でたまらない。

小声で美鈴に質《ただ》す。

「どうするんでげすか！　どう考えたって、まずい方向へ話が転がってるでげすよ」

「わたしに言われたって……」

美鈴も返答に困ってしまう。銀八は唸りながら悩んでいる。

「見た目はウチの若旦那に瓜二つだから、別人だと見抜かれることは、ねぇと思うでげすが……」

「隠し通せるものでしょうか」

「そこはあっしの才覚で、若君様がボロを出しそうになったら、すかさずその場を誤魔化《ごまか》して、話の辻褄《つじつま》を合わせてみせるでげすが……」

「銀八さんの才覚で？」

それはかえってよけいにボロが出る結果になるのではないか、と、美鈴は激しく心配した。

そんなこんな、お供の二人が頭を悩ませているとも知らぬ風情《ふぜい》で幸千代はズンズンと、肩で風を切って歩んでいく。

その耳が突然、ピクッと動いた。法被《はっぴ》姿の職人たちが立ち話をしている。幸千代は聞き漏らさない。足を止めて鋭い眼光を向けた。

「殺し、だってよ。酷く斬られた骸が流されてきたらしいぜ」

「美鈴。銀八。早速の悪事だ。骸がどこに流れ着いたのか、問い質してまいれ！」

「問い質して、どうなさるんでげすか」

「わしもそこに駆けつける！」

「いやぁ、それはやめといたほうがよろしいでげすよ。だってそこには、南町の同心様がいるわけでげすから。あなた様が替え玉だってことが露顕しちまうでげすよ」

「このわしに向かって諫言《かんげん》いたすつもりかッ。行けと言われたら行けッ！」

銀八は「ひええっ」と震え上がった。

「うちの若旦那とそっくりなのに、ご気性は逆さまでげすッ」

刀でバッサリと手討ちにされたらかなわない。銀八は職人たちに駆け寄った。

＊

骸は舟から河原に移された。莚《むしろ》の上に寝かされている。それにしても陰惨な死体で、検屍の同心――尾上と玉木は顔を背けて立っていた。

玉木が「あっ」と言った。

「八巻が来た」

土手を八巻と美鈴と銀八が下りてくる。もちろんこの八巻は幸千代だ。本当にここまでやってきてしまった。

尾上は「ちょうどいいや」と言った。

「面倒な検屍は八巻に任せて、俺たちは本多出雲守様のお屋敷に行こうぜ。殺しの詮議《せんぎ》よりも若君様のほうが大事だ」

などと言いつつ本当は検屍の現場から逃げ出したいのだ。二人でニコニコしながら同心八巻——幸千代を迎える。

幸千代は同心二人と骸を順番に、鋭い目つきで見た。

「舟で流されてきた骸とは、これか」

尾上が唇を尖らせる。

「なんだよ、先達《せんだつ》（先輩）に向かってその態度と口の利き方は！」

玉木が「あぁー」と哀れむような顔をした。

「八巻のやつ、まだ熱病に罹《かか》ってるようだぞ。可哀相に……」

沢田彦太郎が咄嗟《とっさ》についた嘘を信じ込んでいる。

銀八は大慌てだ。美鈴に小声で訴える。

「いくら似てるっていっても、尾上様や玉木様の目はごまかせねぇでげす。いつも一緒に働いてるんでげすから！」

ところが銀八の不安は外れた。尾上が「まぁいいや」と言って、急に清々とした顔つきとなった。

「骸の検屍は任せる。俺たちは本多出雲守様のお屋敷の警固にあたらなくちゃならねぇ。そっちのほうが大事なお役目だ」

玉木も重々しげに頷いた。

「左様。我らには重大な務めがある。雑事はお前に任せたぞ」

などと偉そうに言って、この場から逃げるようにして（逃げたのだが）去った。

美鈴は銀八に質した。

「どうするの？」

「あっしに訊かれても……」

骸の三体と幸千代だけがとり残されている。その周りを近在の番屋の男たちが恐々《こわごわ》と見守っていた。

幸千代は骸の前にしゃがみ込んだ。沈鬱《ちんうつ》そうに見つめている。

「哀れだな」

銀八はおそるおそる訊《たず》ねた。

「怖くねぇんでげすかい」

「怖くはない。慣れてしまった。子供の頃から、わしの周りでは多くの者が斬られて死んだ。わしを守るためにな。あるいは返り討ちにされた曲者たちが死んでいったのだ」

幸千代は立ち上がった。番屋の者たちに向かって言う。

「懇《ねんご》ろに弔《とむら》ってやれ」

「いや、そのお指図《さしず》はまずいでげすよ！　まだご検屍も済んじゃいねぇし、調べ書きもできていねぇんで！　……番屋の皆さん、骸を大番屋まで運んでおくんなさい」

銀八は美鈴の許《もと》に駆け戻った。

「やっぱり若旦那がいねぇとどうにもならねぇでげす！　若旦那に報せてくるでげす。美鈴様には若君様のお守りをお願《ねげ》ぇするでげす」

「わかった。気をつけて」

「へい、気をつけて行ってくるでげす」

銀八は駆けだした。慌てすぎて、言ってるそばから転んだ。立ち上がって一目散に走っていく。

骸は戸板に移された。番屋の男たちが運んでいく。幸千代は顔を別のほうに向けている。美鈴は不思議に感じた。

「なにを見ているのです」

「あの子ども……」

少し離れた土手の上に子供が一人で立っている。こちらをジッと睨んでいた。

「殺された者の縁者かもしれぬ」

「どうして、そうわかるのです」

「親族を殺された子供は、ああいう顔をするものだ。わしはこれまでに何度も目にした」

「それならばあの子どもから話を聞かないと」

「話を聞くとは？」

「縁者から聞き込みをするのも同心の務めです」

「左様であったか」

美鈴は子供のほうに向かっていく。幸千代も黙ってついてきた。

美鈴は子供の前でしゃがみ込んだ。目線の高さを合わせる。

「坊や、殺された人について、なにか知っているの？」

子供はなにも答えない。眉根をキュッと寄せ、口をへの字に曲げている。美鈴がなんど話しかけても、口を開こうとはしなかった。

幸千代が、ふいに目を町家のほうに向けた。

「坊主、飯を食いにゆかぬか。わしは腹が減った。一膳飯屋にゆこう」

そう言うと背を向けて歩きだす。その場の空気をいっさい読まない。(困ったお人だ)と思いつつ、美鈴は子供に向かって言った。

「一緒に行きましょう」

子供はスルスルッと駆けだして、幸千代の背中に向かって叫んだ。

「坊やじゃねぇ！」

幸千代が振り返る。子供は重ねて叫んだ。

「オラぁ、女だ！」

幸千代は「フッ」と笑った。

「それは、すまぬことであった。わしの不徳じゃ。許せ」

子供はコクッと頷いた。幸千代は飯屋に向かってズンズンと歩いていく。子供と美鈴がそれに従った。

銀八は走りに走ったが、どうにも足が遅い。晩秋の日は短い。早くも陽が傾いていた。

本多出雲守下屋敷の周りには町奉行所の同心たちの姿があった。

「村田さんがいるでげす！」

村田も警固に戻っていたのだ。

「見つからねぇようにしねぇといけねぇでげす」

村田の詮議はじつにしつこい。銀八がなぜここにやってきたのかを長時間にわたって問い詰められたら〝卯之吉がこの屋敷で替え玉を務めていること〟を自白させられてしまう。銀八には、隠し通せる自信がまったくなかった。

身を屈《かが》め、扇子を開いて顔を隠しつつコソコソと進む。どうにか見つからずに裏門（台所口）の前までたどり着くことができた。

門番がジロリと目を向けてきた。

「またお前か」

銀八の顔を見覚えていた。将軍家の若君に仕える幇間《ほうかん》――という不可思議な存在を忘れることは難しい。

「へい。銀八でござんす。若旦那、じゃなかった、若君様にお目通りをお願いいたしやす」

「ならぬ！……と言いたきところなれども、幸千代君は、お前が来たなら必ず通せ、と我らに厳命なされた。致し方ない。通ってよし！」

「へいへい。ありがたき幸せ」

銀八は腰を低くして門をくぐった。

四

銀八は書院の建物の裏庭に通された。

「やあ銀八。よく来てくれたね」

卯之吉が出てきて濡れ縁の上にチョコンと座る。銀八は庭に立たされたままだ。館にあがることは許されない。

「まったく大ぇ《て》変《へん》でげしたよ。ここに通されるまでに何度も槍を突きつけられて、生きた心地もしなかったでげす」

警備が厳重なのだ。

「外から入ってくるのは大変だ。だけどね、中から外に出るのは、さほど難しいことじゃないんだよ」

「えっ、また、おやりなすったんでげすか」

卯之吉はニヤ〜ッと笑った。否定はしない。銀八は慌てた。

「夜遊びに出掛けたりしたら、いけねぇでげす！」

「そうは言うけどねぇ。あたしから夜遊びを取ったら、なにが残るっていうのかね」

偉そうに胸を張って言うことではない。

「さぁて、お前が来てくれたことだし出掛けようか。菊野さんのお顔もしばらく見ていないしね。この夕闇の迫る刻限が、いちばん心が浮き立つねぇ」

心は早くも深川に飛んでいる。

「いえいえ、若旦那。ちっとばかしあっしの話も聞いてやってほしいでげす。実は青山の掘割に、無惨に斬られた骸が三つも流されてきたんでげす！　それも、胴や首が輪切りにされたっていう無惨な殺されようでげす！」

卯之吉は「ほう！」と叫んで目を丸くさせた。

「首が輪切りになってるだって？　それじゃあ頸椎《けいつい》や気管や食道が見えてるってのかい！」

「えっ、ええと……」

医学の心得のない銀八には答えられない。卯之吉は興奮している。

「それは見逃せないねぇ。見逃したら蘭学者の名折れだよ」

「若旦那は蘭学者じゃなくて同心様だし、今は将軍家お世継ぎの影武者でげす」

そう言ったのだが、当然のように卯之吉は聞いていない。寝所に戻って着替えをしながら飛びだしてきた。同心の格好だ。

「帯を結んでおくれ」

卯之吉がこういう精神状態になったら最後、なにを言っても聞き入れない。長い付き合いで銀八はそのことを知っている。

卯之吉は黒巻羽織の同心姿になった。裏庭を抜ける。宿直の勤番武士が見回りをしているが、目と注意は外から入ってくる者に向けられている。御殿から出てきた卯之吉にはなかなか気がつかない。

例の松の所へ行く。塀を乗り越えようとすると、さすがに目立ってしまって勤番侍が駆け寄ってきた。

「何奴《なにやつ》！」

卯之吉はしれっと笑顔で答えた。

「南町奉行所同心の八巻と申します」

その姿は確かに同心のものだ。勤番侍は大きく頷いた。

「お役目ご苦労！　なれど屋敷内は我らが守る。町方役人は屋敷の外の大路を守る取り決めであろう」

「すぐに出ていきますから。銀八、お尻《しり》を押しておくれ」

「へいへい」

卯之吉はまんまと塀を乗り越えて、屋敷の外への脱出に成功した。

外の通り道には、白木《しらき》の六尺棒を手にした男たちがいた。町奉行所の者たちだ。村田が目を怒らせてすっ飛んできた。

「ハチマキじゃねぇか！　こんな所でなにをしていやがるッ」

卯之吉はまったく動じない。度胸があるからではない。なにも考えていないからだ。

「青山に骸が三つも揚がったってぇ話を伺《うかが》ったものでねぇ。これから検屍に向かおうかと思いまして」

「検屍だぁ？」

「そういうわけでして、こちらのお屋敷の警固は村田さんにお任せしますよ」

「手前ぇなんかに言われることじゃねぇ！」

「ともかく、あたしは急ぎますので」

卯之吉はしれっと誤魔化して、その場を離れた。

＊

汚らしい一膳飯屋に幸千代と美鈴と少女が座っている。

他の客は貧しい身形《みなり》の男たちだ。街道筋で荷運びや馬借を務める者たちだろう。汗くさくて泥だらけの姿で酒臭い息を吐き、雄叫《おたけ》びなどをあげていた。

膳に並んだ料理も、よくわからないイカモノだ。牛蒡《ごぼう》なのか木の根っこなのか判別できない物や、なにかの獣の肉が煮込まれた汁が出された。そんな料理を幸千代はガツガツと食う。美鈴は気持ち悪くて箸《はし》がつけられない。

（本当に将軍家の若君様なのだろうか……）

幸千代の食いっぷりを見ながら思う。山伏たちと一緒に寝起きしているうちに食への嗜好《しこう》が大きく変わってしまったのか。

少女も貪《むさぼ》り食べている。腹を空かせていたようだ。

「美味いか」

幸千代が聞いた。少女が答える。

「美味い」

「そうか。たらふく食え。銭の心配はいらない。この者が払ってくれる」

美鈴の財布をあてにして食べまくる。この非常識は、やはり、若君様ならではのものなのだろう。

飯を食い終えると幸千代は、

「茶を所望《しょもう》だ」

と、店の親仁《おやじ》に向かって言った。親仁は仏頂面《ぶっちょうづら》で答える。

「そんなたいそうなもん、うちの店にはねぇよ。白湯《さゆ》で我慢しろ」

湯を入れた湯呑茶碗を持ってきて、ドカッと置いた。幸千代は文句も言わずにズルズルッと啜《すす》った。

腹も満たされて、まったりと湯も飲んで、満足しきった顔つきだ。

「さぁて」

少女に目を向ける。

「そなたを家まで送り届けねばならんな。いずこに住んでおるのだ」

少女は急に難しげな顔となった。無言でうつむく。幸千代は問う。

「おっ父《と》うとおっ母《か》あは、どこにおる」

「いねぇ。流行り病で死んだ」

幸千代と美鈴は痛ましそうに少女を見た。

少女はむっつりと黙り込んでいる。悲しみも抱えきれないほどに過大になるとかえって無感情になる。

今度は美鈴が少女に訊ねた。

「世話をしてくれる人はいないの？」

「いた」

幸千代が首を傾《かし》げた。

「いた？　今はおらぬのか？」

「殺された」

幸千代と美鈴は互いに顔を見合わせる。幸千代が（やはりな）と頷いた。美鈴が少女に訊く。

「どういうこと？　話して聞かせてくれる？」

「オラぁ、坊様に連れられて江戸に来た。売り飛ばしてやるって言ってた。屋根の下で飯を食わせてくれたんだ」

身寄りのない子供を遊廓に売る。そういう悪党がいる。年端《としは》もゆかないこの少女は〝面倒をみてくれるありがたい坊様〟だと勘違いをしていたようだ。

「殺されたのはいつだ」

「昨日の夜だ。オラぁ、この目で見た」

「あの骸か」

船で流されてきた骸も、昨晩に殺されたのであろうと推察されている。

なんという過酷な運命であろうか。両親と死に別れたうえに殺人を目撃させられた。少女が無表情になるのも頷ける。

「オラぁ、せめて坊様に花でも手向《たむ》けてやるべぇと思って、坊様の骸を探していただ」

「うむ」

「どこにも帰《け》ぇる所がねぇ。塒にしていた家にゃあ、坊様を殺した恐いやつらが住みついてる」

「なんじゃと？　娘、その塒に我らを案内《あない》できるか」

少女はコクッと頷いた。

幸千代は刀を摑んで立ち上がった。

「悪い奴らはわしが退治してくれる。行くぞ！」

幸千代は飯屋の扉を勢いよく開けると外へ出た。少女もチョコチョコとついていく。美鈴は大慌てで銭を店の親仁に払った。

「ちょっと待ってください！　勝手に行かないで！」

卯之吉ならばポンと大金を渡して「お釣りはいらないよ」と言うのだろうが、美鈴はそこまで太っ腹ではない。

巾着《きんちゃく》を懐に戻しながら表道に出る。幸千代と少女はずいぶん先を歩いている。

美鈴は急いで二人の背中を追った。

＊

晩秋の日暮れは早い。深川にある富ヶ岡八幡宮の門が閉じられた。参詣は終《しま》いだが、門前町の賑わいはいよいよこれからだ。料理茶屋の軒行灯《のきあんどん》に火が入れられる。障子窓に映る火影《ほかげ》も眩《まぶ》しい。深川芸者が黒羽織姿で歩んでいく。

江戸の町から大川を渡って遊客《ゆうかく》たちも集まってきた。二階座敷からは三味線の音が響いてきた。

江戸の粋《いき》を体現したような町だ。誰もが皆、心の蕩《とろ》けるような心地で歩いている。

と、その時であった。粋とは正反対の、醜い罵声《ばせい》が聞こえてきた。

「ふざけるんじゃねぇぞ、この野郎ッ」

怒鳴りつけた男が拳を振るう。したたかに殴られた男が吹っ飛んで、軒下に積まれた用心桶に激突した。用心桶とは火事に備えて置かれた桶だ。

殴った男は羽織袴の武士。殴られたのは裕福そうな商人だ。

武士のほうは数人で連れ立っている。皆でへたり込んだ若旦那を取り囲んだ。

「お前のその口の利き方が気に入らぬッ。我らは武士。旗本八万騎をなんと心得おるかッ。折檻《せっかん》してくれる！」

殴った武士が面罵《めんば》する。そこへ慌てて割って入ったのは幇間だ。地べたに両手をついて詫《わ》びる。

「手前がお詫び申しあげまする！　なにとぞご勘弁を！」

「ええい、邪魔だッ。旗本八万騎を侮辱され、黙って引き下がれようかッ」

幇間は足蹴《あしげ》にされた。

「いいぞ！　三田内《みたうち》、やってしまえ！」

などと周りの悪友が囃《はや》し立てる。悪友たちも羽織袴の武士だ。自分たちで名乗った通りに旗本の身分。不逞旗本たちだった。

「ご勘弁くださいッ、お許しを！」

泣いて詫びる幇間と商人に対し、殴る蹴るの乱暴を繰り返す。あまりに凄惨な光景に野次馬たちも顔をしかめた。〝火事と喧嘩は江戸の華〟というが、これはちっとも粋でもなければ威勢もよくない。ただの暴力だ。

そこへガツガツと下駄を鳴らして歩み寄った者がいた。

「やめんかッ」

旗本の腕を摑んでひねりあげる。その怪力に不逞旗本が呻《うめ》き声をあげた。

「なにをするかッ」

「〝なにをするか〟ってのはこっちの台詞《せりふ》だ。往来の真ん中で、なんて見苦しい真似をしていやがるッ」

不逞旗本は捻《ねじ》られた腕を振り払った。

「手前ぇは源之丞！　邪魔だてするなッ」

その男――貧乏大名の三男坊、梅本源之丞は首を傾げた。

「俺の名を知ってるのか。こっちはお前の名を知らねぇ。お前みたいな無粋《ぶすい》な友垣は一人もいねぇぞ」

「おのれッ、愚弄《ぐろう》するかッ。本所《ほんじょ》旗本白虎連《びゃっこれん》を知らぬと申すかッ」

「本所の白虎連？　嫌な噂なら知っている。不行状《ふぎょうじょう》が過ぎて甲府勤番に山流しにされたって聞いたぞ」

「いつまでも甲斐で逼塞《ひっそく》しておる我らではないッ！　重ね重ねの悪口、勘弁ならんッ。こうしてくれるッ」

旗本はいきり立ち、刀の柄《つか》を摑んだ。

「おい、やめておけ」

そう言って不逞旗本の手を摑んで止めたのは、遊び仲間――彼らに言わせれば白虎連――の一人であった。

「お前の剣の腕前では、この男には敵わぬ」

そう言って、不敵な笑みを源之丞に向けた。源之丞も笑みを返す。

「おう。お前の名前なら知ってるぜ。坂内才蔵とかいう嫌われ者だな。お前の悪行の数々も、いろんな所で聞かされたぜ」

「なんとでも申せ。好きなように言わせておいてやる。ただし今のうちだけだ」

「どういう意味だ」

「今日のところは喧嘩を預ける。だが、いつまでも調子にのっていられると思うなよ。木っ端《こっぱ》大名の冷や飯食いめが。我らはいずれ、上様の側近として立身出世を果たす。その時には覚えておるがよい。木っ端大名など、我らの鼻息ひとつで改易《かいえき》に追い込んでくれようぞ！」

一軒の料理茶屋から店の主人が飛びだしてきた。源之丞との間に入って、白虎連に向かってペコペコと頭を下げる。

「白虎連のお殿様がた、宴席のご用意が調いましてございまするッ。芸者衆も間もなくやってまいりまする。なにとぞお席でお待ちくださいませッ」

厄介な不逞旗本たちを座敷にあげて、この場から引き離そうとしている。表通りで喧嘩をされたら深川の評判が下がり、客足が遠のいてしまうからだ。

「おうッ、飲み直しだ！」

「今夜も存分に歌い騒ぐぞ！」

不逞旗本たちがドヤドヤと暖簾をくぐった。坂内才蔵は、血まみれで倒れたままの商人に目を向けた。

「殴ったままではこちらの酒が不味《まず》くなる。薬代だ。受け取れ」

袂《たもと》を探って小判を一枚、摘《つま》み出すと、商人の膝前にポンと投げた。小判は地べたでチャリンと音を立てた。

坂内才蔵は悠然と肩を揺らしながら暖簾をくぐる。暖簾を押さえていた主人が「こっちも困ってるんですよ」と言わんばかりの表情を源之丞に向けてから、店の中へと戻っていった。

「旦那様、しっかり！」

幇間が肩を貸して商人を立たせた。商人は酷く殴られた顔を源之丞に向けた。

「お礼は、いずれ改めて申しあげます……」

源之丞に一礼して、肩を借りつつヨロヨロと立ち去ろうとした。

源之丞は小判を拾い上げた。

「おい、忘れ物だぞ」

商人は振り返った。

「いりませんよ。あんな奴らから施しを受けては、犬畜生にも劣ります」

「そりゃあ、そうだろうなあ。小判は俺があいつらに返しておくよ」

今時の商人は侍よりも気骨がある。源之丞はそう思った。

下品な高笑いと悪罵《あくば》の声が聞こえてくる。女の悲鳴と皿の割れる音がそれに続いた。

源之丞は苦々しい顔で酒を呷《あお》った。源之丞のいる座敷と庭を挟んで反対側の座敷に白虎連がいる。上半身裸になったり、袴を手繰《たぐ》りあげて一物《いちもつ》を晒《さら》したり、見苦しい酔態をさらけ出していた。

源之丞に酌をしているのは菊野だ。こちらも苦悩に満ちた顔つきだった。

「さんざんの悪さを重ねて、お上からのお叱りを受け、甲府勤番を命じられた白虎連……。どういうわけがあって江戸に戻ってきたのでしょうね」

「困ったことだな。芸者の衆も迷惑だろうぜ。白虎連といえば、踏み倒しが常習だったと聞いているぜ」

旗本の子は、なにかの拍子に大出世をしないとも限らない。北町奉行の遠山金四郎《とおやまきんしろう》や、火盗改《かとうあらため》の長谷川平蔵《はせがわへいぞう》が若いころに放蕩者だったことは有名だ。

大出世の後で仕返しをされたら大変なので、酒や料理の代金を大目にみてやることはあった。しかし無銭飲食があまりにも過ぎると、幕府の目付役所に訴えが出される。すると不逞旗本には甲府勤番送りなどの処断が下された。

源之丞は腕組みをして首を傾げている。

「……それにしてもあいつのツラ……どこかで見たことがあるような……？」

そこへ「御免よ」と厳《いか》つい顔を覗かせた男がいた。障子の外の廊下に膝をついてこちらの様子を窺《うかが》っている。源之丞はチラリと目を向けた。

「なんだ、珍しいな。お前《め》ぇも粋な店で飲むことがあるのかい」

「なにを抜かしてやがる」

腕まくりをして顔をしかめたその男は荒海ノ三右衛門だ。

「酒を飲みに来たんじゃねェや。オイラの旦那を捜しにきたんだよ」

座敷の中にジロリと目を向けて卯之吉の姿を捜し、見当たらないのでガッカリしている。

「ここにもいらっしゃらねぇのか。手前《てめ》ぇがここで飲んでるって聞いたんで、てっきりここにいなさると思ったんだがよぅ」

「まぁ一杯やっていけよ」

「手前ぇの酒なんか、飲めるかよ！」

大の大人二人の、子供のような遣り取りを見て、菊野は呆れたような、微笑ましいような、表情となった。

「二人とも卯之さんのことが大好きだから、上手くゆかないのね」

一種の焼き餅なのだろうと菊野は理解している。

「親分。そう仰らずに召し上がっていっておくれなさいな」

玄人《くろうと》の取り持ちで三右衛門を座敷に入るように勧めた。

さらに店の主もやってきた。廊下で両膝を揃える。

「お楽しみのところ、まことに申し訳ございませぬ。……菊野姐さん、白虎連の殿様がたが『どうしても姐さんに酌をさせろ』と言ってきかないんだ。すまないが、ちょっとの間だけでもいい、相手をしてやってもらえないかね」

「嫌ですよ」

菊野は素っ気ない。

「そう言わずに、あたしを助けると思って、頼みますよ」

源之丞は向こうの座敷にクイッと顎《あご》を向けて、主人に質した。

「貧乏旗本だ。蝿みたいに店にたかって飲み食いしてるんだろう。無銭飲食に遠慮はいらねぇ。断っちまえばいいだろうよ」

「ところがですよ源之丞様。甲府から戻った白虎連、びっくりするほど大金を持っていらっしゃってですね、『これまでのツケも払ってやる』と仰って、ポーンと大金を投げて寄越したもんだ。それなら話は別だってんで、手前どもも、下にも置かない扱いなんでございますよ」

「やれやれ。金がもの言うってのはこういうことか。金を持ってる客にゃあ敵わねぇ。こっちの我《わ》が儘《まま》は通りそうにねぇや」

菊野に『あっちの座敷で酌をして来るがいい』と暗に勧める。

「それにしても貧乏旗本の白虎連、なんだって急に、羽振りが良くなったんだろうな。……おっと、忘れてたぜ」

源之丞は拾った小判を取り出した。

「坂内才蔵の小判だ。面倒を押しつけちまってすまねぇが、野郎に返してきちゃあくれめぇか」

そう言って小判を菊野に渡した。

菊野は受け取って、すぐにハッと表情を変えた。

「この小判は……！」

急いで雪洞《ぼんぼり》に寄って、光にかざして確かめる。

「どうしたんだい」

「この小判、坂内才蔵様の懐から出た物に間違いないのですね」

「間違いねぇよ」

菊野は主人に詰め寄った。

「南町の沢田彦太郎様に急いで使いを。『贋《にせ》小判を見つけた』と伝えておくれ」

「贋小判ッ？」

店の主人の顔色が変わった。三右衛門の顔つきも変わった。

「姐さん、贋小判ってのは、なんなんでぃ」

「江戸の市中に贋の小判が出回っていると、沢田様と三国屋の旦那様が仰っていたのさ。見つけたならばすぐに報せるようにとの、お言いつけなんですよ」

「なるほど。悪党が悪銭を使うとしたら、まず第一に酒と博打だ。深川では毎晩たくさんの小判が動く。深川で贋小判を見張らせるってぇのは上手い策だ」

三右衛門と源之丞は、菊野と三人で雪洞を囲んだ。小判に顔と目を近づける。源之丞が首を傾げた。

「よくできてるな。どこが贋物なのかわからねえ。お前にはわかるか」

三右衛門も首を傾げるばかりである。

「あいにくとオイラは小判を見慣れていねぇもんでな。さっぱりだぜ」

菊野は店の主人に向かって言った。

「白虎連が払った小判は、他の小判とは別にしておいておくんなさい」

「わかりましたよ姐さん。……いや、事情はなにもわかっちゃいねぇんだが。とにかく言われた通りにしよう」

「沢田様への使いを早く！　あたしは白虎連のお座敷に……小判をどこで手に入れたのか聞き出しましょう」

主人が驚いた顔をした。

「姐さん、そりゃあ剣呑じゃないか」

菊野も不安だったのだろう。源之丞に目を向けた。

源之丞は大きく頷いた。

「俺がここから見張っててやる。危なくなったらすぐさま駆けつけるから心配いらねぇぜ」

刀を引き寄せて請け合った。菊野も大きく頷き返した。

三右衛門は熱く見つめ合う源之丞と菊野を見て、

「……やってられねぇなぁ」

小声で愚痴をこぼし、そっぽを向くと手酌でチビチビと酒を飲み始めた。

五

夜道を町駕籠が走ってくる。担ぎ棒の前を二人、後ろも二人の四人がかりで担いでいる。当然に早い。酒手《さかて》（運賃）も二倍だ。

卯之吉が乗っている。銀八が後ろを走っていた。寂しい夜道は苦手な卯之吉だが、駕籠に乗っていれば怖くない。

ところがである。駕籠かきのほうがなにかに怯《おび》えて足を止めた。

「どうしたえ？」

卯之吉が訊く。先棒《さきぼう》を担いでいた男が震え声で答えた。

「ヤクザ者が道を塞いでおりやす」

「なんだって」

卯之吉は駕籠から身を乗り出して前を見た。提灯をかざした俠客の一家が見えた。捩《ねじ》り鉢巻で尻《しり》ッ端《ぱしょ》折りし、六尺棒を手にしている。卯之吉の駕籠に気づいて走り寄ってきた。

「やいやいッ。夜分に駕籠で駆け回ってるのは何者《なにもん》でぃッ？　オイラたちは内藤新宿の鬼兵衛一家だッ。道中奉行様の御用を承ってる。駕籠の中身を検めさせてもらうぜッ」

凄まじい剣幕だ。駕籠かきたちが腰を抜かしかけている。鬼兵衛一家は〝泣く子も黙る〟武闘派だ。

ところが卯之吉はほんのりと笑みを浮かべた。

「閻魔前ノ鬼兵衛さんかい。あたしだよ」

駕籠から下りてスラリと立つ。一家の若い衆が提灯を突きつけた。

鬼兵衛が駆け寄ってくる。卯之吉の顔を認めて「ああッ！」と叫んだ。

「これは、八巻の旦那！」

急いで頭を下げて、それから若い衆を拳骨で殴りつけた。

「旦那のお顔に提灯なんか向けるんじゃねぇ！　馬鹿野郎ッ」

ボコッと殴打の音がして若い衆が吹っ飛ばされた。卯之吉は苦笑している。

「相変わらず乱暴だねぇ。困ったもんだ」

「へいっ。躾《しつ》けが行き届きませんで、とんだ赤っ恥でござんす。平《ひら》にご容赦を願いやす！」

名にし負う大親分が冷や汗まみれで低頭している。駕籠かきたちは、

「とんでもなく威《い》のあるお役人様だ。人は見掛けによらねぇもんだ……」

などと小声で言い合った。

卯之吉は鬼兵衛に訊ねる。

「ずいぶんと大掛かりなお出役《でやく》だけど、なにか、あったのかえ」

「へいっ。甲斐国からお姫様のお行列がお通りになるってんで、街道筋の俠客にまで警固のお達しが出されたんでごぜぇやす」

「ははぁ……。幸千代君の許嫁様だね。本多出雲守様のお屋敷も、勤番のお侍と町奉行所のお役人でごったがえしていたけどねぇ……」

まったくの他人事《ひとごと》、みたいな顔と口調だ。

鬼兵衛はちょっと不審な顔をしている。

「旦那はいってぇ、こんな夜更けに、どちらに急いでいなさるんで？」

「あっ、そうそう。青山の掘割で、斬られた御方が三体も流れてきたって言うんでね、見物ですよ」

「見物？」

銀八が急いで誤魔化す。

「だ、旦那は検屍のために駆けつけるんでげす」

「あっ、それはお役目ご苦労さまに存じやす！」

「青山に流れ着いたってのなら、掘割の川上は内藤新宿だ。親分さんの縄張りで斬られたのかもしれないよねぇ」

「旦那の眼力にゃあ恐れ入りやす。言い訳じみた物言いになりやすが、あっしらも、番屋の者たちも、お姫様のお行列を守る仕事で手一杯でやして、殺しの詮索《せんさく》にゃあ手が回りかねておりやす。しかも殺されたのは不逞の輩《やから》だ。下手人を捕まえたって礼金をもらえるわけじゃあねぇ——おっとこいつは口が滑りやした」

被害者が金持ちであるならば、犯人を捕まえれば礼金が期待できる。そういう話ならば目の色を変えて探索をするけれども、礼金の期待できない事件だと熱が入らない。街道筋の御用聞きなどという手合いは、所詮《しょせん》その程度の仕事意識なのだ。

「まぁ、いいさね。下手人もあたしが捜してみようじゃないか」

卯之吉にとっては捕り物も趣味の一環だ。暇つぶし感覚で楽しんでいる。

そうとは思わぬ鬼兵衛は、ひたすら恐れ入っている。

「旦那が直々《じきじき》に乗り出してきたってのなら、もう、下手人はあがったも同然ですぜ！　やい利助《りすけ》ッ、惣二《そうじ》！　手前ェらは旦那のお手伝いをしろッ。旦那を大番屋までご案内しろィ！」

気の利いた子分の二人を案内につけてくれた。卯之吉は駕籠の中に戻った。

「それじゃ親分さんはお役にお励みよ。駕籠をやっておくれ」

鬼兵衛と駕籠かきに声を掛ける。まったく恐れ入った態度だ。見ている銀八は感心するやら呆れるやら、であった。

*

坂内才蔵が夜道を歩いていく。その後ろを、源之丞、菊野、三右衛門の三人が尾行していた。深川からずっと後を追《つ》けてきたのだ。

「野郎め、こんな夜中にどこに出掛けるつもりだい」

三右衛門は闇に目を凝らしている。

源之丞の顔つきも険しい。

「あいつの塒は本多出雲守の下屋敷のはず。まったく逆の方角に進んでいくぞ。怪しいぜ。誰かと密会するつもりか」

「オイラは子分どもを集めてくるぜ」

「待って」

と菊野が止めた。

「大勢で後を追けたら、きっと気づかれる。気づかれたら密会を取りやめるでしょう。このまま三人で――」

源之丞が指差した。

「おい見ろ。ヤツめ、細い路地に入っていくぞ」

路地に入る前に坂内はこちらに目を向けた。三人はサッと物陰に隠れた。

「見つかった？」

菊野が訊く。源之丞は顔をちょっとだけ覗かせた。

「大丈夫だ」

三人は、より慎重に路地に入った。曲がりくねった路地の奥に古びた神社が建っていた。

坂内才蔵は社《やしろ》の前に立った。暗がりから鯔背《いなせ》な男が走り出てきた。弥市だ。

「なんのご用件ですかい。そちらから呼び出すのは剣呑ですぜ」

「銭がなくなったのだ」

「えっ、もう全部使っちまったんですかい」

「腕が立つ仲間を集めるのには金がかかるのだ」

「ずいぶんと酒臭ぇですぜ」

「相手の気心を知るには、酒に酔わせるのが一番だからな」

なんのかんのと言い逃れをする。

「飲み食いだけで使い切る額とも思えねぇ。女も抱いたんじゃねぇんですかい」

「銭が出せぬと申すのであれば、お前たちへの合力《ごうりき》もこれまでだぞ！」

「しょうがねぇなぁ。そのかわり、こっちの仕事ももうひとつ余計に請けていただきやすぜ」

弥市は懐から袱紗包《ふくさづつ》みを取り出した。坂内は鷲摑《わしづか》みにして受け取り、自分の懐にねじ込んだ。

「なにをさせようと言うのだ」

「若君様の許嫁が明朝、いよいよ内藤新宿にやってきやす。そこを襲って、お命を頂戴《ちょうだい》しようってぇ魂胆なんで」

いきなり人殺しの話になったのだが、坂内はまったく動じた様子もない。弥市は続ける。

「あっしらが雇った人斬り浪人がおりやす。斬り込みはそっちにやっていただきやす」

「わしはなにをすれば良いのか」

「旦那は、表向きには若君様をお守りする勤番のお侍だ。そのお立場を悪用して街道を守る役人たちを遠ざけていただきてぇんだ。その隙に浪人衆が斬りかかりやす」

「なるほど」

「斬り込みの後で浪人衆が逃げる手伝いもしていただきてぇ」

「その浪人とやらはどこに潜んでおるのだ」

「こちらに……」

弥市は細い紙を坂内に渡した。坂内は一瞥《いちべつ》すると、その紙を灯籠《とうろう》の火にくべた。紙が燃え上がる。

「委細承知した。任せておけ」

坂内は懐を撫《な》でた。

「手付けの金は受け取った。事が成就したのちには二倍の仕事料をもらうぞ」

「欲の皮がつっぱっていやすねぇ。うちの元締めにそう伝えときやすよ」

「徳川の旗本を安く使えると思うな――と、伝えよ」

弥市は身を翻して闇の中へと消えた。坂内は境内を出て、細い路地を抜けると表道に出た。

路地の廃屋に立て掛けられたガラクタの陰から源之丞、菊野、三右衛門が顔を出した。

三右衛門が顔に怒気《どき》をのぼらせる。

「野郎の狙いは将軍家に嫁入りする姫様を殺すことだったのか！」

源之丞は半ば呆れ顔だ。

「徳川の旗本も落ちぶれたもんだぜ」

「オイラの兄弟分の鬼兵衛は、姫様のお行列を守るようにと言いつかってる。姫様を殺されたりしたら鬼兵衛の面目が丸つぶれだ。黙っちゃいられねぇぜ！　とっちめてやるッ」

飛びだそうとした三右衛門を菊野が止めた。

「待って親分。あの男を今ここで捕まえてしまったら、浪人たちの隠れ場所がわからなくなる」

源之丞も「うむ」と頷いた。

「ここはあえて泳がせて、浪人たちの居場所まで案内させるのが得策だな」

「まだるっこしいぜ！　オイラは辛抱をさせられるのがいちばん性に合わねぇんだよ！」

などと言い合いながら三人は、足音と息をひそめて尾行を再開した。

＊

卯之吉は大番屋で興味津々、斬られた骸を検めている。

三つの死体は土間に布《し》かれた莚の上に横たえられてあった。それに覆い被《かぶ》さるようにして卯之吉が熱心にいじり回している。

「もっと提灯を近づけておくれな。これじゃあ暗くてよく見えないよ」

提灯を翳《かざ》すように命じられているのは、銀八と大番屋の番太郎だ。二人とも腕を精一杯に伸ばして提灯を突き出し、顔は嫌そうに背けていた。

「肋骨《ろっこつ》が圧《お》し斬られているねぇ。ほら、見てご覧よ銀八。これが肺腑《はいふ》だ。胸の左右に二つずつある」

切られた肋骨を摑んでさらに押し広げる。

「これが心ノ臓だね。驚いたりするとドキドキするよね。この臓器が激しく脈打つから、ドキドキしているように感じるんだよ」

「ちょうど今、あっしの心ノ臓がドキドキいってるでげす……」

辛い。心臓が張り裂けそうだ。

そんな様子を鬼兵衛の子分二人が距離をおいて見ている。

「八巻の旦那、無惨な骸を前にしても、顔色ひとつ変えちゃいねぇぞ」

「よっぽど骸を見慣れていなさるんだ」

「噂に名高《なだけ》ぇ人斬り同心だ。何十人もの悪党をぶった斬ってきたってぇ話だからな。そりゃあ骸は見慣れたもんだろうぜ」

本当に斬ったのは水谷弥五郎など他の人々なのだが、なぜか同心八巻卯之吉の手柄だということにされている。

卯之吉は蘭方医《らんぽうい》として人体の仕組みに興味がある。蘭方医術の発展のために人体に取り組んでいるのだが、そうとは思わぬ人々の目に蘭方医の姿は冷酷な殺人鬼のようにも見えてしまうのだ。

つづいて卯之吉は切り離された首を検め始めた。手鞠《てまり》のように両手で持って切断面を検めている。そして「おや？」と言った。

「下手人は二人いるのだねぇ」

「急になにを言い出したでげすか」

銀八が訊く。

「だってほら、見てご覧よ」

「く、首をこっちに押しつけねぇでおくんなせぇ！」

「この首は綺麗に切れてる。太い首の骨が、まるで剃刀《かみそり》で切られたみたいに鮮やかに切れてるんだ。だけどそっちの仏様の肋骨は、そこまで綺麗には切れていないよ。……うん。この肋骨は、身幅の厚い刀で圧し斬られてる。こっちの首は、よく研《と》がれた薄刃《うすば》の刀で斬ったんだ。たぶん居合斬りの刀だね」

「するってぇと、つまり、どういうことなんで？」

「下手人は二人いるんだよ。一人は古風な大太刀を使う。もう一人は細身の居合刀だ」

鬼兵衛の子分二人が感心している。

「さすがは南北町奉行所一の切れ者と謳《うた》われるだけのことはある」

「うちの親分が一目置きなさるわけだぜ」

医学上の所見を語っているだけだとは思わない。同心の格好をした蘭方医など他にはいないのだから当然だ。

卯之吉は熱心に検屍を続ける。その時そこへ、ドヤドヤと駆け込んできた者たちがいた。

「八巻の旦那はいなさるかい！　この大番屋にいなさるって聞いて来たんだが」

大番屋は広い。いちばん奥の土間からだと入り口の戸が見えない。

銀八が「おや」と言った。

「あのお声は荒海ノ親分さんでげすよ。親分さーん。旦那はこちらにいなさるでげす」

「おおっ、やっと見つけたぞ！」

そう叫んだのは源之丞だ。三右衛門、源之丞、菊野の三人が奥の土間に駆けこんできた。

卯之吉は骸に手を突っ込んだまま顔だけ向けて「やぁみなさん」と言った。その顔を下から提灯の明かりが照らし上げている。両手は血まみれだ。

「きゃあ」

菊野が悲鳴をあげた。三右衛門と源之丞も恐怖を隠しきれないでいる。

銀八が杓《しゃく》で水をかけ、卯之吉は手を洗った。石鹸も使っている。石鹸はお供の銀八が常に携行《けいこう》している。興味を持ったら蛇でも虫でも死体でも、なんにでも触るのが卯之吉だ。手を清潔に保つために石鹼は必需品だった。

「なかなか良いね、この石鹼は」

「へい。長崎《ながさき》から取り寄せた品でげすから」

当然、目玉が飛び出るほどに高額だ。そんな高級品を卯之吉は惜しげもなく使い切った。指の滴《しずく》を払う。銀八が手拭いで水気を取った。

大番屋の一角には畳の布かれた座敷もある。同心や与力たちが使う場所だ。そこに源之丞と三右衛門と菊野がいた。

「やぁ、お待たせしちゃって」

卯之吉は晴れ晴れとした顔で座敷に座った。

「オランダ国の解体図を拝読してねぇ、腑に落ちないところがあったんだけど、本物の人体をこの目で見て納得したよ。さすがにオランダのお医者はたいしたものだ。よく調べていなさるねぇ」

源之丞は困惑している。

「お前さんの今の仕事は蘭方医じゃなくて同心だろうよ」

「いつお役御免を言い渡されるかわからないですからねぇ。そこへいくと医者は安泰だ。病人や怪我人がこの世からいなくなることはないですからねぇ」

「冗談言っちゃいけねぇや!」

ムキになったのは三右衛門である。

「旦那は江戸一番の同心様だ。江戸の守り本尊ですぜ。旦那が同心をお辞めなすったら悪党どもはやりたい放題。江戸っ子はおちおち寝てもいられねぇ」

三右衛門は卯之吉のことを本物の切れ者同心だと信じきっている。

源之丞が「その悪党の話なんだが」と身を乗り出した。

「悪党どもの良からぬ企みを聞きつけた」

「ははぁ？　またぞろあたしに悪党退治をしろと」

薄笑いを浮かべている。無責任ゆえの軽薄さなのだが、そうは思わぬ鬼兵衛の子分二人は、

「てぇした貫禄《かんろく》だぜ」

などと言い合っている。

源之丞と三右衛門は、坂内才蔵の企《くわだ》てについて話した。卯之吉は煙管など取り出してプカーッと紫煙《しえん》をふかしながら聞いている。

「なるほどねぇ。敵の狙いは幸千代様ではなくて、その許嫁のお姫様のお命を奪うこと、だったのですね。三日前に、たったの三人で悪党どもが斬り込んだの

は、役人の目を出雲守様のお屋敷に引き付けるためだったのか。警固のお侍が出雲守様のお屋敷に集まれば、その分、お姫様を守る人数は減らされる。ははぁ。出雲守様も沢田彦太郎様も、まんまと敵の手に乗せられてしまったようだねぇ」

三右衛門は鬼兵衛の子分二人に質す。

「やいっ、姫様のお行列は、いつ、内藤新宿を通るんだい！」

子分の一人が答える。

「明日の朝早くに、お忍びでお通りになられやす。道中奉行様の手勢《てぜい》と、うちの一家でお守りすることになってるんで……」

「明日の朝か。時間がねぇ！　旦那、さっそく坂内を引っ捕らえやしょう。ヤツには今、オイラの子分を張りつけてるんだ」

「待って」

止めたのは菊野だ。

「坂内の一味の悪党たちが何人いるのかもわからないんだよ。坂内を捕まえてしまったら、一味の者は姿を隠しちまうのに違いないさ」

「うむ」と源之丞が頷く。

「捕まえようにも手がかりもない。人相もわからぬ。江戸の市中に逃げ込まれたら、いっそう厄介《やっかい》なことになるぜ」

卯之吉も呑気な顔つきで「そうだろうねぇ」と同意した。

「どうするんですかい」

三右衛門が卯之吉に訊ねる。源之丞と菊野も卯之吉を見た。

卯之吉は優雅な手つきで煙管を灰吹き（灰皿）に打ちつけた。カンッと音がして灰が落ちた。

「いっそのこと討ち入りをやっていただいたら良いんじゃないかねぇ？　そうすれば敵の一味の総勢もわかることでしょう」

なにやら笑みを浮かべている。この場の全員が訝《いぶか》しそうに首を傾げた。

六

朝靄の中、一挺《ちょう》の乗物が甲州街道をやってきた。乗物の前後を五十人ずつ、武士の列が守っている。この武士たちは道中奉行の配下だ。それと少数ながら甲府勤番の武士たちもいた。

行列が宿場に差しかかると、宿場役人たちが裃《かみしも》姿で道まで出てきて平伏する。行列は無言で粛々《しゅくしゅく》と進んでいく。

その様子を宿場の外れから見守る二人の侠客がいた。荒海ノ三右衛門と閻魔前ノ鬼兵衛である。

荒海一家と鬼兵衛一家の子分たちも控えている。三度笠を目深《まぶか》に被って合羽《かっぱ》を羽織った旅姿だ。腰には長脇差《ながどす》を差していた。

侠客たちの身分は〝町人〟なので、本来、刀を携行することは許されない。しかし町人でも旅の最中だけは護身用として刀を差すことが許された。これから斬り合いとなるはずだ。子分たちにはどうしても刀を持たせる必要があって、わざわざ旅装《りょそう》をさせてきたのだった。

乗物の行列が通りすぎた後、しばらく経ってから、旅装の女の二人連れが笠を被り、杖を携《たずさ》えてやってきた。遍路《へんろ》の姿に変装している。

「あれだ」

鬼兵衛が言った。

「本物のお姫様だぜ」

幸千代の許嫁、真琴姫とその侍女《じじょ》である。

親分二人はそれぞれの子分衆を引き連れて、旅の女の二人連れに駆け寄った。

二人の前で膝をついて頭を下げる。

「あっしは内藤新宿を預かるケチな俠客、人呼んで閻魔前ノ鬼兵衛と申しやす。道中奉行様のお指図を頂戴し、こっから先、お姫様をお守りさせていただきやす」

続けて三右衛門が名乗る。

「南町奉行所同心、八巻卯之吉様の手札を預かる荒海ノ三右衛門と申しやす。八巻様のお指図を頂戴して推参しやした。お姫さんの身を、あっしの一命に代えても、守らせていただきやす」

真琴姫は円《つぶ》らな目で俠客の二人を見つめた。気丈《きじょう》な顔つきだ。無言である。

代わりにお供の侍女《じじょ》が挨拶に答えた。

「大儀です。姫様の御身《おんみ》、そなたたちに預けます」

俠客二人は「合点《がってん》承知！」と声を揃えて請け合った。

姫様と俠客たちは江戸に向かって歩きだした。渡世人の一家が大親分の未亡人とその娘を守りながら旅している、みたいな姿になる。普通の旅人は怖がって近づいてこない。まずまず安心といえるだろう。

もちろん俠客たちだけで護衛をするのではない。姫の前後には距離を置いて旅装の武士たちが二十人ばかりで行軍している。甲斐国から護衛をしてきた甲府勤番の者たちであった。

そこへ別の武士の集団が駆け寄ってきた。勤番侍たちはギョッとして刀の柄に手を掛けた。

謎の武士は手を振って声を掛けてくる。

「拙者だ。坂内才蔵だ。応援に駆けつけてきたぞ」

坂内才蔵も甲府勤番である。勤番侍たちとは顔見知りであった。坂内が率いてきたのも勤番侍。白虎連であった。

「おお、坂内殿か。お役目ご苦労」

「のんびり挨拶を交わしておる暇はない。この先に曲者が大勢で潜んでおるのだ」

「なんじゃと！」

「我らのみでは討ち取れぬ。手を貸してくれ」

「しかし、姫様から離れるわけには――」

「姫は拙者たちがお守りする。曲者を追い払ってくれ。三田内、案内してやれ」

勤番侍たちは「ううむ。わかった」と答えた。

白虎連の一人、三田内に引き連れられて街道を離れた。

「愚か者めが。まんまと誑《たぶら》かされおって」

坂内は凶悪な素顔を露わにした。手には弓を持っている。白虎連の不逞旗本たちが続々と街道上に集まってきた。

真琴姫と俠客たちは朝靄漂う甲州街道を進む。内藤新宿の周辺には大名屋敷が多い。田畑も多い。寂れた場所だ。

そもそも、この地に新宿（新しい宿場）が作られたのは、辺りに人家が乏しくて旅人が休憩するための茶店すら満足に存在しなかったからだ。新宿の西には広い湿地が広がっている。十二社池《じゅうにそういけ》という巨大な沼があった。

どこもかしこも湿った土地だ。冷え込んだ早朝には沼地や掘割から湯気が立つ。朝靄となって激しく立ち籠める。

「まったく酷《ひで》ぇや。一間《いっけん》の先もよく見えねぇ」

三右衛門が顔をしかめた。

その時であった。靄の向こうでピーッと甲高《かんだか》く、笛が吹かれた。

「来やがったな！」

三右衛門は鬼兵衛に駆け寄った。

「坂内才蔵にはオイラの子分を張りつけてある。今の笛は、奴らがこれから斬り込んでくることを報せる合図だ」

「よぅし！　来るなら来やがれッ。野郎ども、刀を抜けッ」

俠客たちは笠を飛ばし、合羽を背後に撥《は》ね除《の》ける。腰の長脇差を抜いた。

朝靄の中に黒い影が出現した。こちらに向かって突進してくる。その数、十四、五人。着物の袖に襷《たすき》をかけ、袴の裾をたくしあげて帯に挟んだ武士たちだ。面相は覆面で隠していた。

三右衛門の隣にいた男が三度笠をゆったりと脱いだ。呑気な薄笑いを浮かべている。

「来ましたねぇ。曲者の皆さんは、あれで勢揃いなんですかね？」

「旦那の策が大当たりでございまさぁ。曲者どもめ、まんまと誘《おび》き出されてきやがった！　一網打尽にしてやりやすぜ！」

三右衛門は叫んだ。

「野郎ども、迎え撃てェ！」

荒海一家の子分たちが前に出る。代貸の寅三が先頭に立って走る。突進してきた覆面の武士とガッチリ斬り結んだ。相手の刀を長脇差で受け止めて、力と力で押しあう。

寅三に負けじと子分の一人が前に出た。覆面の武士と一対一で向かい合う。

「どりゃあッ」

勢い込んで長脇差で斬りかかった。だが、相手は武士。手首を返して刀をうねらせると、たちまちにして子分の長脇差を巻き落とした。手から離れた長脇差がガチャッと地面に叩き落とされる。子分は恐怖に目を見開いた。覆面の武士が斬りかかる。子分は「ギャアーッ」と悲鳴をあげて倒れた。

「やりやがったな！」

三右衛門が激怒した。子分たちに向かって叫ぶ。

「瘦せても枯れても相手は侍、剣術勝負じゃ勝ち目はねぇッ！　喧嘩で勝負だ、渡世人の喧嘩を見せてやれッ」

一人の武士を複数の子分で取り囲み、四方八方から襲いかかる。顔を目掛けて砂を投げる。卑怯《ひきょう》と罵《ののし》られようとも勝った者の勝ちだ。

その後も姫を狙う襲撃者は次から次へと出現し、攻めかかってきた。鬼兵衛も大声で下知《げち》する。

「押し返せッ。お姫様に近づけさせちゃならねぇぞッ！」

鬼兵衛一家の子分たちが「わあっ」と声を上げて迎え撃つ。覆面の集団との押し合いになる。

敵の中に一人だけ、恐ろしく腕の立つ男がいた。

「いよお！」

雅楽の楽人《がくにん》のような声を上げる。古風な大太刀が一閃《いっせん》されて、鬼兵衛一家の子分が一撃で斬られた。血飛沫《ちしぶき》をあげて仰《の》け反《ぞ》り倒れる。

「いよお！　よう！」

八卦見のような風体《ふうてい》。長い袖をひらめかせ、舞い踊るようにして斬る。天衣無縫《てんいむほう》の太刀捌《さば》きだ。ヤクザ者の喧嘩殺法も通じない。四方から押し包もうとするとすかさずクルリと旋回し、四方の子分をほとんど同時に斬り倒した。

鬼兵衛が顔を真っ赤にさせる。

「清少将とか抜かす人斬りだな！」

眉がなく、顔にはうっすらと白粉《おしろい》を塗っている。ニヤリと笑うと鉄漿《かね》で染めたお歯黒が剝き出しとなった。

「麿の名を気安く呼ぶとは無礼であろう。成敗してくれようぞ」

「抜かしやがれッ、贋公家めが！」

全身火柱のように激怒した鬼兵衛が長脇差で斬りかかる。その斬撃を大太刀で少将が受け止めた。

「笑止《しょうし》におじゃるぞッ」

素早く体《たい》をかわして鬼兵衛の突進を受け流す。空中を真横に跳んで旋回しながら太刀を振るう。

「しゃらくせえッ」

鬼兵衛も喧嘩の達人だ。少将の鋭い一撃を長脇差の鍔《つば》で受けて弾き返した。

しかし寸前に刃が鬼兵衛の顔をかすめた。パックリと裂かれた傷口から血が噴き出す。

さらに少将の一太刀。鬼兵衛は肩を斬られた。

「鬼兵衛ッ」

三右衛門が駆けつけてくる。肩に担いだ長脇差を振り下ろして少将に襲いかかった。

鬼兵衛も体勢を立て直す。すかさず少将に攻めかかる。二対一の乱戦だ。罵声と刃の打ち合う音が連続した。

遍路姿の姫と侍女は街道の真ん中で立ちすくんでいる。俠客の子分たちが周囲を守っているけれども、なんとも無防備だ。

その姫を街道脇の土手の上から狙う者がいた。覆面で顔を隠し、木立《こだち》の陰に身を隠した侍だ。

左手に弓を持ち、右手の矢をつがえて引く。鏃《やじり》の先が姫に狙いを定める。矢で射殺《いころ》そうとしているのだ。

矢が十分に引き絞られたその時であった。

「おい、坂内才蔵」

背後で声がした。覆面の男はギョッとなって振り返る。梅本源之丞が立っていた。物干し竿のように長い抜き身の刀を担いでいた。

「弓矢でこっそり姫のお命を狙おうってのかい。どこまでも卑劣な野郎だ」

覆面の男——坂内才蔵は、姫に向かって矢を放とうとした。だが矢を放つ寸前に弓弦《ゆづる》を切られる。源之丞が刀の先で斬ったのだ。弓弦が弾けた。矢はポトリと地面に落ちた。

源之丞は不敵に笑った。

「覆面で顔は隠せても、眉間の黒子《ほくろ》は隠せねぇぞ。甲府勤番、坂内才蔵。数々の悪行、許せねぇ。ここでぶった斬ってやる！」

長刀《ちょうとう》が振られる。覆面が真っ二つに切られて坂内の顔が露わとなった。

坂内才蔵は歯軋《はぎし》りした。

「我らは直参旗本！　外様大名の三男坊風情の詮議を受ける謂《いわ》れはないッ」

「呆れた野郎だ。将軍家に仇《あだ》なしておきながら直参旗本だなんて言い分が通ると思っているのかよ」

坂内才蔵は腰の刀を勢いよく抜いた。源之丞は満足そうに頷いた。

「やっとやる気になったかい。それじゃあこっちも遠慮なくいくぜッ」

長刀を振り下ろす。切っ先に反射した朝日が円弧を描いて坂内を襲った。坂内はかろうじて刀で受けた。だが勢いに押されて腰砕けになる。背後に二、三歩、よろめいた。

源之丞は嘲笑《ちょうしょう》する。

「どうした？　二日酔いか。昨夜《ゆうべ》の酒が残ってるんじゃねぇのかい。だらしねぇぞ」

「抜かすなッ」

坂内が罵声をあげて斬りつける。今度は源之丞が受けた。刀と長刀がガッチリと噛み合う。力と力の押し合いだ。

坂内がジリジリと押してくる。押し勝って相手の体勢を崩したほうが必殺の一撃を放てるのだ。命をかけた力比べだ。坂内は片足を踏み出してさらに足腰に力を籠めた。前のめりになって押してくる。

「貴様は前から目障りだったんだよ源之丞！　ここで刀の錆《さび》にしてくれるッ」

「やれるもんならやってみやがれ！」

源之丞は、坂内の踏み出した足を横に蹴り払った。柔術でいう足払いだ。軸足を蹴り外された坂内の体勢が崩れる。源之丞は刀で斬るのではなく、鍔で坂内の顔をぶん殴った。

坂内は鼻血を噴く。後ろに仰《の》け反《ぞ》ってよろめいた。

「おのれッ」

すぐに向き直って刀を大上段に振り上げた。

源之丞は腰を沈めて長刀を真横に振り抜いた。上段に構えてがら空きになった坂内の胴を切り裂いた。

坂内が悲鳴をあげる。斬られた腹を片手で押さえた。懐から、血に塗《まみ》れながら、小判が何枚もこぼれ落ちる。

坂内はドウッと倒れて息絶えた。

源之丞は長刀を振って血を払い、肩に担いだ。憐れみの目を坂内に向ける。

「小判を懐に入れていたのかい。だけどな、大事な小判は贋物だぜ。三途《さんず》の川の渡し賃にもなりゃあしねぇのさ」


街道での死闘は続いている。

鬼兵衛も三右衛門も手傷を受けて血まみれだ。激しく息を喘《あえ》がせている。三右衛門はガックリと膝をついた。体力の限界だ。

清少将は引《ひ》き攣《つ》った笑みを浮かべている。

「貴様らなど斬ったところで益もない。麿が狙うは姫の命、ただひとつや」

袖を翻して走る。遍路姿の姫を探した。その目の前に、黒巻羽織の同心が立っていた。喧騒の中で、その同心の周囲だけが静寂に包まれている。

「旦那ッ」

三右衛門が叫んだ。少将は「ふむ」と頷いた。

「荒海一家を手下とするのは、南町の同心、八巻……。京の町にも噂はつたわっておじゃる。面白い。ひとつ手合わせを願うでおじゃるぞ」

血刀《ちがたな》を構えて卯之吉に迫った。卯之吉はまったく動かない。

「いざ、勝負や」

それでも卯之吉はまったく動かない。清少将の顔から笑みが消えた。初めて緊迫の色を覗かせる。

「こやつの構え……隙がある。否《いや》、隙があるようで……隙がない」

その目を覗けば無念無想。感情というものが感じられない。

「こやつ、よほどの達人でおじゃるのか……こんな不気味な相手とまみえるのは初めてじゃ」

さすがの少将も気後れしてタジタジと後退した。後ろで銀八が支えているから立っていられるとは思わない。

そこへ「うおーっ」と雄叫びをあげて荒海一家の子分たちが攻めかかってきた。少将は斬り払いながら逃れた。

「麿が狙うは姫様や。南町の八巻、勝負は後や」

遍路姿の姫を探す。たちまち見つけて駆け寄った。

「覚悟せい！」

姫を目掛けて斬りつけた。ところが――。

姫は懐剣を抜いて少将の一撃を受け止め、打ち払った。さすがの少将も愕然《がくぜん》とする。

「なんやとッ?」

姫が被っていた笠が外れた。﨟長《ろうた》けた美女の顔が晒された。菊野である。もちろん少将には誰なのかわからない。だが真琴姫ではないことは一目瞭然であった。

「これも替え玉やったンか!」

少将だけではない。不逞旗本たちも驚いている。

「襲撃は失敗だッ! 逃げろッ」

失敗したとわかれば切り替えが早い。

役人に捕まってはならない。名誉が第一の旗本なのだ。皆、一目散に逃げ出した。少将も口惜しそうに走り去る。街道には俠客一家の者たちだけが残された。

「曲者は去りました。もう大丈夫ですよ」

菊野は、傍らに立つ小柄な渡世人に声を掛けた。三度笠で面相を、合羽で着物を隠している。笠を取ると真琴姫の顔が現われた。

「万が一の備えが役に立ちました」

菊野は姫様から脱がせた三度笠と合羽を自ら着ける。これで長身の菊野は荒海一家の子分たちとまったく見分けがつかなくなった。

真琴姫は笑顔で頷いた。

「大儀でありました。そなたの働き、生涯忘れぬ」

三石衛門が驚いた顔で首を傾げている。

「姐《ねえ》さん、小太刀の使い手だったのか。知らなかったぜ」

「そうでしょうねぇ。だって誰にもお見せしていませんもの。宴《うたげ》の席で武芸なんか披露したところで白けるばかり。喜ぶ客なんぞ、いやしませんよ」

そう言って微笑んだ。

銀八は気を失ったままの卯之吉を抱えてその場から引き離そうとしている。

「姫様には、旦那の顔は見せられねぇでげす」

今後も幸千代の替え玉として姫の前に出ることがあるはずだ。顔を見られて替え玉の策が露顕したら極めてまずい。

途中で卯之吉が目を覚ました。

「銀八、どこへ行こうっていうんだい？」

「どこへ行ったら良いのか、あっしにもわかんねぇでげす！」

三右衛門が勘違いをして喚《わめ》いている。

「旦那が悪党どもを追ってゆきなさるぞッ！」

どうやら銀八が引きずっていく方向は、悪党が逃げた方向と同じであったらしかった。

七

幸千代と美鈴は、あばら家《や》の中に踏み込んだ。

「ここで、お前を世話していた男が殺されたのだな」

少女に向かって確かめる。少女は戸口に立ったままで中に入ろうとはしない。怯えているのだ。

美鈴は屈み込んで床を調べる。

「血の痕《あと》が広がっています」

「うむ。この場で人が殺されたのは、間違いないようだ」

美鈴は部屋の隅に置いてあった行李《こうり》（荷物箱）を開けた。着物などの他に銭袋が入っていた。

「荷物を置いていったのですね。それならここに戻ってくるでしょう」

そう言った直後、美鈴はハッとして顔を戸外に向けた。

幸千代も窓から外に目を向けている。

「誰か来るぞ。さっそく荷物を取りに来たらしい」

戸口の外にいた少女が指差している。

「あの人が、坊様を殺した」

「左様か」

幸千代は外に出た。駆け戻ってきた清少将と向かい合った。

少将は端整な顔を醜く歪《ゆが》めた。

「八巻……！　先回りしておったのか。すでにして麿の隠れ家を見つけていたとは、噂通りのたいした男よのぅ！」

幸千代にはなんの話かわからない。しかし若様育ちなので瑣末《さまつ》なことはどうでも良い。幸千代は少女にチラリと目を向けた。

「お前の仇、わしが討ってやろう」

スラリと腰の刀を抜く。無造作に構えた。

少将も血刀を振り上げる。「キエーッ」と奇怪な大声を発した。

長い袖を振り回して襲いかかる。片手斬りだ。太刀が風を切って旋回した。

幸千代はまったく動じない。顔の正面に刀を立てると少将の斬撃を打ち払っていく。打ち払いながらスルスルッと踏み出して真っ正面から斬りつけた。

ズンッと刀が振り下ろされる。少将は辛くも避《よ》けた。着物の袖が大きく裂かれる。

「なんと！」

少将の目が驚愕《きょうがく》で見開かれた。焦りと怯えの色が浮かび上がった。

「いよお！」

恐怖を払拭《ふっしょく》しようとし、ムキになって斬りつける。蝶が舞うような足捌《あしさば》き、左右からの変幻自在な斬撃だ。

幸千代はわずかに身体と刀を動かすことで敵の攻撃を受け止め続ける。眼差《まなざ》しもほとんど動かず、少将の身体の軸だけを凝視している。

まさに静と動との戦いだ。少将の奇抜な太刀筋も、意表を突いた攻撃も、袖を使っての目眩《めくら》ましも、まったく通じない。

「おのれぇッ」

少将はもはや気の触れた顔つきだ。

「麿の剣が通じぬとは！　そんな馬鹿な話があろうかッ！」

太刀を大上段に振りかぶった。その瞬間に体勢が乱れた。

幸千代は見逃さない。前方にズンと踏み出した。切っ先をまっすぐに突く。少将の右胸を刺し貫いた。

「ぎゃあ！」

少将は後ろに跳び退《の》く。刺された場所を手で押さえた。手のひらの血を見て、信じられない、という顔をした。

「もはや許せぬッ！　許せぬでおじゃるぞッ」

さらに斬撃を繰り出す。気息《きそく》も乱れ、平常心を失っている。

幸千代は体《たい》をかわして斬撃を避ける。突進してきた少将の横をすり抜けながら刀を真横に振るった。少将の胴をしたたかに斬った。

「お、おのれ……ッ」

少将はなおも太刀を振り上げようとしたが、そこで力尽きた。手から太刀が落ちる。バッタリとその場に倒れた。地面の土が血を吸って泥になる。血泥《ちどろ》の中でもがいていたが、やがて絶息《ぜっそく》した。

幸千代は刀に懐紙《かいし》で拭いをかけて鞘に納めた。

その時であった。「おやおや」と、気の抜けた声がした。

雑木林の中から同心姿の男と、幇間の身形《みなり》の男がやってくる。同心が言った。

「斬り殺してしまったのですかえ」

緊張感のかけらもない声だ。そして薄笑いを浮かべていた。幸千代は眉根をひそめた。

「何者だ、お前は」

男はその問いには答えず、薄笑いを顔に張りつけたまま別のことを言った。

「お気をつけなさいましよ。居合を使う曲者が、もう一人いるはずです」

瞬間、黒い着物の男が身を低くして走り出てきた。佐藤篤清だ。居合抜きの体勢に腰を沈めている。狙っているのは幸千代だ。

「幸千代様、危ないッ」

美鈴は咄嗟《とっさ》に刀の鞘から小柄を抜いて投げつけた。

「ムッ!」

佐藤が小柄を避ける。わずかに駆け足を緩めた。その隙をついて美鈴は素早く走り寄った。腰の刀を抜く。

佐藤が美鈴に向き直る。無言で刀を抜き放った。居合斬りだ。

美鈴は地を這《は》うほどに身を低くして斬撃の下をくぐり抜けると、

「たあッ！」

佐藤の太股《ふともも》を斬った。振り抜いた刀を返してさらに真っ向から打った。

「ぎゃあッ」

佐藤は倒れた。峰打ちだが気を失っている。

「でかしたぞ」

幸千代が褒める。卯之吉は相変わらずの薄笑いだ。

「お二人ともお強いですねぇ。化け物みたいだ」

酷い褒め方である。ましてや美鈴に向かって。もちろん悪気はまったくない。

卯之吉と幸千代は向かい合って立った。

「なるほど、よく似ていらっしゃいますねぇ」

「鏡を見ているかのようだな。薄気味が悪いぞ。貴様はいったい何者か」

「あたしは南町の同心で、八巻卯之吉という者ですけれど。今は幸千代様の替え玉を務めさせていただいております」

「なるほどな。誰も彼もがこのわしを、その方《ほう》に見間違えるわけじゃ」

「本当にあなた様はあたしによく似ていらっしゃいますよ」

幸千代がカッと目を怒らせた。

「なにを申す。お前がわしに似ておるのだ」

そこは譲れない一線らしい。

剣呑な空気を読んだ銀八が急いで間に割って入った。

「どちらがどちらに似ていましょうとも、どちらも日本一でございますよ〜！」

いつもながらの間の悪いヨイショはまったく効き目がない。

そこへドヤドヤと侠客一家の子分たちが押し寄せてきた。遠目でそれを見た美鈴が幸千代に言う。

「若君様、急いでこの場を離れないと、面倒なことになります」

「左様であるな。八巻、あとの始末は任せたぞ。また会おう！」

そう言うと風のように走り去った。

「……あとの始末は任せると言われましてもねぇ」

卯之吉は地べたに転がるふたつの骸を困った顔で見下ろした。

三右衛門が駆けつけてきた。

「おおッ、悪党を見事に仕留めなさいやしたね！　さすがは旦那だ！」

鬼兵衛はもう一人の骸を検めている。

「こいつぁ佐藤篤清だ。二人まとめてお倒しなさるとは……さすがは八巻の旦那だ。お噂に違《たが》わねぇ剣の使い手だァ」

侠客の大親分ですら血の気が引いてしまう。卯之吉は脱力しきった薄笑いを浮かべたままだ。この余裕が本当に恐ろしい。いったいどれほどの力を秘めた剣豪なのか。わけがわからなくなるほどに恐い。子分衆も皆、戦慄《せんりつ》している。

佐藤篤清に縄が掛けられる。卯之吉は三右衛門に質した。

「姫様は、どうなったのかえ」

「お行列のお乗物に戻られやした。侍に守られて江戸に向かわれやしたぜ」

「本多出雲守様の下屋敷に向かわれたんだね。あたしも出雲守様のお屋敷に行かなくちゃならないね」

「老中様に今度の一件をご報告なさるんですね。直々に老中様と口が利けるなんて、さすがは旦那だ！」

「いえ、あたしは若君様の替え玉で――」

卯之吉が口を滑らせそうになったので、銀八は「あわわわ」と慌てた。

「若旦那ッ、急ぐでげすよ！　それじゃあ皆様、ご機嫌よろしゅう」

卯之吉を肩に担ぐようにして、その場から逃げ出した。

＊

「……という次第でしてね、若君様をお守りする勤番の皆様の中に裏切り者がいたわけです。姫様を殺《あや》めようとしたんですよ」

本多出雲守の下屋敷。急ぎ戻った卯之吉は、本多出雲守と大井御前に報告した。

大井御前は泡を食っている。

「なんたること！　勤番侍の者どもの心底《しんてい》、吟味《ぎんみ》し直さねばなるまいぞ！」

「そうなさったほうがよろしいでしょうねぇ」

本多出雲守は別のことを質した。

「して、若君様はいずこにおわすのか！」

卯之吉は首を傾げる。

「さぁてねぇ。どちらに行かれたのか、あたしにはとんと見当もつきませんねぇ。許嫁のお姫様とのご対面がありましょうから、あたしは急いで戻ってきたんですからね」

「若君を戻さず、そなたが戻ってきて、どうするのじゃッ」

「あっ、本当ですねぇ。そこまでは気がつかなかった。困った話だ。アハハハハ！」

「笑っておる場合ではないッ」

ともあれ卯之吉は若君様の装束に着替えをさせられた。真琴姫との対面の儀式が行われる。書院ノ間の壇上に座った。

真琴姫が廊下を渡って入ってきた。顔を伏せたまま静々と足を運んで卯之吉の正面に正座する。低頭してから顔を上げた。

卯之吉は教えられた通りの台詞を口にする。

「真琴姫か。遠路遥々《はるばる》の旅路《たびじ》、大儀であった。恙《つつが》ないか」

真琴姫は顔を上げた。目の前に座した男の顔をジッと見つめる。そして言った。

「そなたは、誰《たれ》じゃ」

同席していた本多出雲守と大井御前がギョッとして腰を浮かす。

卯之吉は、ほんのりと笑みを浮かべた。

この作品は双葉文庫のために書き下ろされました。

双葉文庫

は-20-23

大富豪同心《だいふごうどうしん》

影武者《かげむしや》 八巻卯之吉《やまきうのきち》

2020年5月17日　第1刷発行
2024年1月22日　第2刷発行

【著者】
幡大介《ばんだいすけ》

【発行者】
箕浦克史
【発行所】
株式会社双葉社
〒162-8540 東京都新宿区東五軒町3番28号
［電話］03-5261-4818(営業部)　03-5261-4833(編集部)
www.futabasha.co.jp(双葉社の書籍・コミックが買えます)
【印刷所】
中央精版印刷株式会社
【製本所】
中央精版印刷株式会社

【フォーマット・デザイン】
日下潤一

ISBN978-4-575-67001-1 C0193
Printed in Japan

幡大介

大富豪同心

天狗小僧

長編時代小説〈書き下ろし〉

油問屋・白滝屋の一人息子が、高尾山の天狗にさらわれた。見習い同心の八巻卯之吉は、上役の村田銕三郎から探索を命じられる。

幡大介

大富豪同心

一万両の長屋

長編時代小説〈書き下ろし〉

大坂に逃げた大盗賊一味が、江戸に舞い戻った。南町奉行所あげて探索に奔走するが、見習い同心の八巻卯之吉は、相変わらず吉原で放蕩三昧。

幡大介

大富豪同心

御前試合

長編時代小説〈書き下ろし〉

家宝の名刀をなんとか取り戻して欲しいと頼み込まれ、困惑する見習い同心の八巻卯之吉。そんな卯之吉に剣術道場の鬼娘が一目ぼれする。

幡大介

大富豪同心

遊里の旋風《かぜ》

長編時代小説〈書き下ろし〉

吉原遊びを楽しんでいた内与力・沢田彦太郎に遊女殺しの疑いが。窮地に陥った沢田を救うべく、八巻卯之吉が考えた奇想天外の策とは!?

幡大介

大富豪同心

お化け大名

長編時代小説〈書き下ろし〉

田舎大名の上屋敷で幽霊騒動が起き、怨霊に取り憑かれ怯える藩主。吉原で八巻卯之吉の名声を聞いた藩主は、卯之吉に化け物退治を頼む。

幡大介

大富豪同心

水難女難

長編時代小説〈書き下ろし〉

八巻卯之吉の暗殺と豪商三国屋打ち壊しの機会を密かに狙う元盗賊の女狐・お峰。窮地に立たされた卯之吉に、果たして妙案はあるのか。

幡大介

大富豪同心

刺客三人

長編時代小説〈書き下ろし〉

捕縛された元女盗賊のお峰が、小伝馬町の牢から脱走。悪僧・山鬼坊と結託し、三人の殺し人を雇って再び卯之吉暗殺を企む。